有爱的青春陪伴者

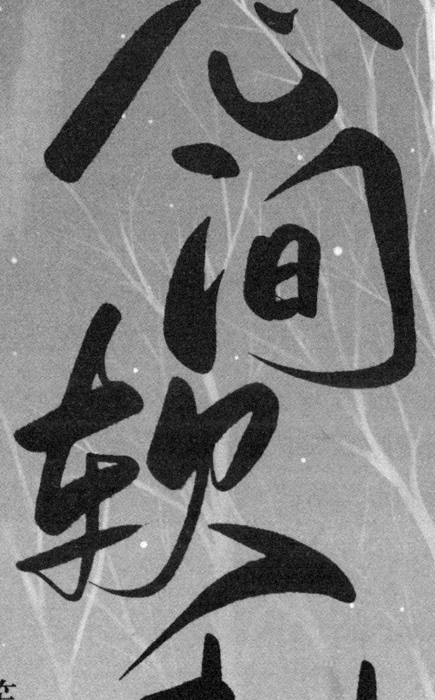

笙歌 著

天津出版传媒集团
天津人民出版社

图书在版编目（C I P）数据

心间软刺 / 笙歌著. -- 天津 : 天津人民出版社,
2022.7
ISBN 978-7-201-18155-4

Ⅰ. ①心… Ⅱ. ①笙… Ⅲ. ①中篇小说 - 中国 - 当代
Ⅳ. ①I247.5

中国版本图书馆CIP数据核字(2022)第025226号

心间软刺
XINJIAN RUANCI
笙歌 著

出　　版　天津人民出版社
出 版 人　刘　庆
地　　址　天津市和平区西康路35号康岳大厦
邮政编码　300051
邮购电话　(022) 23332469
电子信箱　reader@tjrmcbs.com

责任编辑　玮丽斯
特约编辑　蔡杭蓓
装帧设计　刘　艳　孙欣瑞
责任校对　彭　佳

制版印刷　长沙鸿发印务实业有限公司
经　　销　新华书店
开　　本　880毫米×1230毫米　1/32
印　　张　8.5
字　　数　152千字
版次印次　2022年7月第1版　2022年7月第1次印刷
定　　价　42.80元

目 录

Contents

/ XINJIANRUANCI /

Contents

目录

/XINJIANRUANCI/

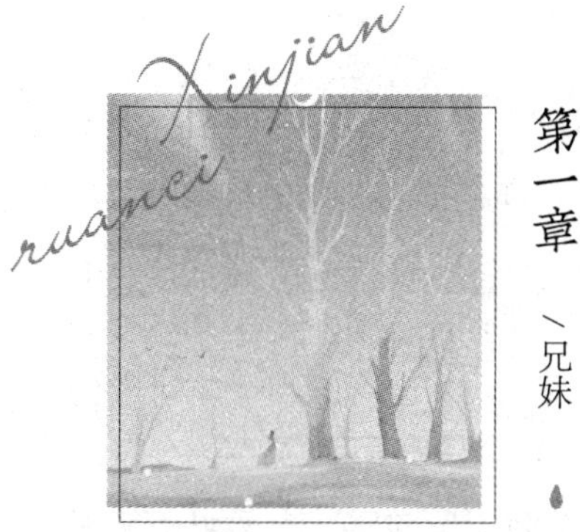

第一章 / 兄妹

1

黎家大宅，一个扎着两条羊角辫的小女孩正蹑手蹑脚地穿过草坪，猫着身子往不远处的一面落地玻璃窗走去。她脚边有一只牧羊犬，正学着她的模样，颇为警觉地跟在小女孩身边，机敏地靠近落地窗。

离目的地越近，小女孩便越小心，也越忐忑，毕竟待会儿就要干坏事儿了。

“嘘——”小女孩做贼心虚似的对着狗狗做了一个“不准出声”的动作，尽管只得到狗狗的一个蔑视眼神，但转移了一丢丢害怕的她十分满意地摸了把它的头，算是对它配合态度的奖励。

确定没有暴露的危险，她踮着脚贴近落地窗。窗户上晃来晃去的都是她的倒影，直到她把额头贴在冰冰凉凉的玻璃上，才避开了阳光投射在玻璃上形成的反光，清晰地看到了玻璃另一侧正在书房里埋头苦读的哥哥们。

黎家的书房在别墅区的一楼，内部空间宽阔，有两层楼那么高，房间内沿墙嵌入三面巨型书架，书架顶部直抵天花板，被各种书塞得不留缝隙。如此丰富的藏书堆砌在一起，烘托出一种巍峨的气魄。

这是黎家老爷子黎振海的得意之作，虽然重利是商人的本色，但他很希望给自己身上打一层饱读诗书的儒商光芒。只要在家，他都会带着两个孙子待在书房里，要么坐在书架底部的沙发摇椅上看报，要么站在书架前的螺旋扶梯上找书。幼儿园中班的黎米芸小朋友有幸被排除在“书房三人组”之外，今年只有五岁的她看不懂这些书，还能享受美好的玩乐时光。但每次她站在地面上昂首向上望着几面“书墙”时，都会感受到被知识的力量碾压得难以呼吸的眩晕感。

在为知识的浩瀚力量咋舌之后，黎米芸将目光落在两个哥哥身上。大哥黎米笙已经十一岁了，长成了小少年的模样，坐在椅子上腰背挺直，全神贯注地翻阅放在他面前的厚厚的德文期刊。

二哥黎米樾今年九岁，还是一个粉雕玉琢的小男孩，稚气未脱，虽然面前也敞开着一本英文读物，但他左顾右盼，时不时偷瞄坐在书房另一个角落，看财经杂志的爷爷黎振海。趁开小差没被发现的空当，他撕了一张小纸片，对着空气吹着玩——只要不看书，无论什么都可以拿来当玩具。

蓦地，他注意到落地窗旁脸快被玻璃压成一张饼的黎米芸，瞬间咧开一个大笑脸。他冲妹妹挥挥手打招呼，还不忘扯着哥哥的肩膀，无声地指着窗外，示意哥哥看过去。

至此，兄妹三人成功接头。

黎米芸冲着哥哥们招手，用夸张的口型无声地说出“出来一起玩”的提议。黎米樾眼睛一亮，非常心动，可随后想到一旁监督他们认真学习的爷爷，立时又蔫了。

黎米笙没有搭理身边的弟弟，他注视着外面正嘟嘴挤眼、努力用表情催促他们出去的妹妹，眉目间的温情慢慢浮现，脸上的笑容越来越明显。欣赏完黎米芸活泼可爱的肢体动作，他才用手指了指窗外安静地站在一边的牧羊犬，又微微示意妹妹看向坐在沙发上的爷爷。此刻，爷爷摘掉老花镜放在沙发扶手上，整个人后仰靠着椅背，正捏着鼻梁缓解眼部疲劳。

黎米芸接收到哥哥的指示，颇有默契地点点头，转身对牧羊犬下达命令：“金豆豆！”

牧羊犬立刻前肢离地，站立在地上，昂首挺胸。

“去拿爷爷的眼镜！”

牧羊犬的智商不愧是“犬中博士后”，它立刻冲了出去，转弯进了别墅。

不一会儿，书房里就蹿进了一条狗，紧接着是黎爷爷严厉呵斥的声音：“金豆豆！给我放下！”

但金豆豆不为所动，它完美地执行小主人的命令，身姿矫健地叼着老花镜往外跑，动作之挑衅气得黎爷爷只匆匆对兄弟俩留下一句“你们继续看，不要分神”，就追着狗走了。

计划成功。

黎米樾蹦起来：“哥，走走走！我们快点去跟妹妹玩！”待在书房里的每一分每一秒对他来说都是如坐针毡，他心急得很，生怕爷爷马上回来。

黎米笙不为所动，慢悠悠地站起身，从桌角拿起一枚书签卡插入刚刚看的页面，才把书合起来。

“哥，你快点！”

这种争分夺秒的时刻，黎米樾很看不惯大哥的磨磨蹭蹭，于是急性子地一把拉起大哥，用小牛犊般的力气闷头往外冲，与外

面的黎米芸会合，一起偷溜出黎家大宅。

三人停在别墅区另一边的后湖。十月中旬的午后，阳光不太热烈，却仍旧和煦温暖，空气中弥漫着若有似无的花香。

黎米芸被黎米樾恶作剧地揪了一下头发，于是追着他在湖边的草地上疯狂乱跑，黎米笙坐在草坪上玩魔方，时不时地停下来伸手帮忙拦一下跑得太快让黎米芸追不上的黎米樾。游戏没有太多趣味性，但他们不管，开心就好。

过了一会儿，完成调虎离山计重任的金豆豆不知道从哪里蹦出来，迅速加入这场追逐游戏。

黎米樾“咦”了一声：“金豆豆，你回来啦？爷爷呢？”

他也就是随口一嘀咕，看到黎米芸马上要追上来了，立刻忘记说过什么，撒丫子继续跑起来。

黎米笙不由得感慨弟弟金鱼般记忆的脑袋瓜。

爷爷？爷爷应该正在发火吧。

但是，那又怎么样呢？

黎振海艰难地从狗嘴里夺回他的眼镜，一边往回走一边想着要找个宠物驯养师来家里再好好调教一下金豆豆。结果一回到书房，发现两个孙子都不见了，他整个人顿时什么想法都没有了，只剩下一声怒喝：“人都跑哪里去了？”

儿子早年因病去世，让他白发人送黑发人，黯然神伤了一阵子，幸好还给他留下两个聪明的孙子。自此之后，他带着要提早培养接班人的决心，请名师在家里授课教导，还经常带着他们往公司跑，各种熟悉人脉的商业宴会也不落下。他下了大力气来培养这两个孙子，尽管知道学习枯燥，小孩子难免会坐不住，但看到两个孙子真的趁他不注意就偷溜出去玩，还是止不住恼火。

他转身就要叫人去找黎米笙和黎米樾，却与专程来送果盘的程锦对上。

“父亲？”书房门口，程锦看着自家公公气急败坏的样子，有些疑惑，“笙笙他们人呢？”

“还不是跟着小芸一起跑出去了。”黎振海猜到是孙女捣得鬼，正生着气，难免迁怒，逮到人就发火，“你整天闲着，怎么连个孩子都看不好？小芸天天来找她哥哥们玩，让他们还怎么安心学习？”

说到这里，黎振海怒火更胜，声音也大了起来：“我跟你说，米笙和米樾这两个孩子以后要继承黎家这一大摊子家业的，不能跟小芸这个小疯子一样天天就知道玩。你再不管好她，我以后就让你带着她住出去，免得影响到别人，米笙和米樾可是我们黎家的希望！”

程锦性格温柔内敛，不喜欢跟人辩驳。她虽然觉得公公对两个儿子的教育抓得过紧，不利于小孩子的身心健康，但也不会当面反抗，只是背地里支持女儿来找儿子们出去玩。如今被黎老爷子一通警告，她也没有多说什么，只是默默点头，坚持贯彻“积极认错，死不悔改”的方针。

后湖，黎米芸和哥哥们玩得十分尽兴，最后跑得失力，一个腿软摔倒在地。她的手掌心刚好按在一粒碎石上面，皮肤被蹭破，流出一点点血。她愣怔地看着伤口，还没感觉到痛，黎米笙跟黎米樾就已经飞快地跑到她身边，抓起她的手，本能地对着伤口吹了吹，接着观察妹妹的神色，企图把她的泪水扼杀在摇篮里。

“不哭，芸芸，哥哥帮你呼呼，”黎米笙哄着妹妹，“等下哥哥带你去吃蛋糕，好不好？”

闻言，黎米芸刚想咧嘴大哭的动作就中断了。

“还有你爱吃的巧克力，”黎米樾瞧着，补上一句，“妹妹摔倒了没有哭，很勇敢，我把我那份也给你吃。”

黎米芸完全忘记了手上的小伤，重重地点头：“嗯！我们一起吃！”

“好。”两个哥哥应道。

想到等下就能吃到自己喜欢的甜点，黎米芸笑得露出洁白的小牙齿，眼睛眯成一道弯。

黎米笙拉着她站起身，黎米樾牵着她另一只手，三个人手拉手回家去。

时间宛如一本相册，一翻页就过了三四年。

黎振海仍旧面容严肃地戴着老花镜，坐在书房里看财经新闻。这时，一阵急促的脚步声由远及近，风风火火的。

“爷爷！”放学归来的黎米樾推开书房大门，把书包重重地摔在黎振海面前，他气都没喘匀，就质问道，“为什么要让妈妈带着小妹离开黎宅？”

黎米樾这个毫无教养的举动让黎振海额间的川字纹更加深了几分。他抬起眼皮，注意到了黎米樾身后的黎米笙，虽然未开口，但流露出的怒意并不比黎米樾少。

察觉到大孙子的情绪，黎振海的嘴角下垂了几分，他开口解释：“是程锦说想回去看看娘家人，才带着小芸一起去你们外祖家。而且你们母亲身体一直不是太好，我们这里冬天的气候又不太养人，你们外祖家居住的小岛如今正适合避寒温养，对你们母亲的身体有好处。”

黎米樾想到母亲身体娇弱，被这个理由说服，气焰稍稍熄灭：“可是也不用走得那么着急，怎么不等我跟哥哥回家再说？”

“你自己去问她吧。”黎振海摆摆手，懒得再回应，又继续浏览新闻。

“爷爷……”黎米樾又要发飙，肩膀却被黎米笙搭住，微微使力制止了他的暴脾气。

黎米笙的声音不急不缓：“爷爷，那妈妈有没有说什么时候回来？”

“这我就不清楚了，自然是她什么时候想回来就什么时候回来了。”黎振海拉低眼镜，一双锐利的眼睛带着警告的意味，直视黎米笙，“程锦的事，我作为公爹不好过问太多，这些事情就不要再问我了。你们兄弟两个，一晃都长大了，自然要更懂事一些。黎家家大业大，以后都要交到你们的手里。爷爷也不求其他，只希望你们以学习为重，不要总这么幼稚，担不起大任。”

气氛凝滞了几秒钟，黎米笙搂过弟弟的肩膀，以防他再生气，随后应答：“好的爷爷，您放心，我跟弟弟会更努力地。”

“那就好。去学习吧。”

黎米樾气呼呼地挣开哥哥的手，故意步伐很重发泄愤怒，在地板上踩得啪啪作响，向书房中他与哥哥的座位上走去。

黎米笙没精力再去管教弟弟的这点小叛逆，心里牵挂着已经不在黎宅的妈妈跟妹妹，一时之间，思绪有些发散。

“哥，晚点我们打电话让妈妈早点回来吧。”黎米樾在笔记本上唰唰写下一行字，推到哥哥面前，眼睛眨巴眨巴地盯着哥哥。

黎米笙点头。

时间继续往前滚动。

黎家的别墅灯火明亮，装扮一新，宾客陆陆续续地进门，笑意盈盈地来到黎振海面前，对他送上一句“祝贺您家大公子十六岁生日快乐”，再接着说“没想到您这么年轻，孙子都已经长成翩翩少年了，好福气”或是“再过几年就能接您的班，您也能好好享享儿孙的福了”这些让黎老爷子开怀的恭维话，宾主之间的气氛十分融洽。

当事人黎米笙同样也很高兴，他带着弟弟站在门口，面带微笑地谢过来参加他生日宴会的客人们，眼神却一直认真地注视着院子前面的那条路，希望他和弟弟朝思暮想的两个身影尽快出现。

昨晚，妹妹黎米芸在电话里说，她今天会跟妈妈一起回来给他庆祝生日。

那年她们离开，妈妈说岛上的气候很适合她调养身体，黎米芸也转学去了那里，陪着妈妈。她们俩一年中只有一两个月的时间是回舟曲市的黎宅小住的。

黎米笙和黎米樾起先不太习惯，后来慢慢用“就当是在学校

里寄宿，每年寒暑假才能回家见到家人”这种见鬼的理由来安慰自己，至此才接受和最亲的家人分别的事实。但每天晚上，三兄妹都要在视频里见面，分享每天发生的新鲜事，联络完感天动地的兄妹情后才肯入睡。

“也不知道芸芸给大哥准备了什么礼物，我昨晚问她，她硬是不肯说，就说要给你一个惊喜，”十四岁的黎米樾比过去成熟了很多，老成地叹了一口气，“哎，小孩子真是越来越难带了。”

“你才多大？”

“那也比芸芸大，”黎米樾骄傲，随后再次询问，“哥，你就不好奇芸芸的礼物吗？”

黎米笙不正面回答：“你这么关心干吗，又不是给你的。”

“问问又没事。再说了，你的就是我的，我们不分彼此。”

黎米笙不接弟弟这种“你的就是我的”的占便宜歪理，回答他上一个问题：“不知道。”

“什么？”

“不知道芸芸送的礼物是什么啊。”黎米笙说起妹妹，神情也变得柔和，“可能是她自己做的手工。上次她说去海边捡了很多小贝壳。”

妹妹是温暖的小棉袄，送的礼物一直很有心意。

“我怎么不知道这件事情？”黎米樾抓住重点，随即抗议，

"你们是不是背着我偷偷联系了？为什么我不知道她捡贝壳这件事？你们两个不带我玩！"

黎米笙被弟弟吵得有点烦躁，难得翻了个白眼："你上次跟人打篮球回来，那天晚上我们三个一起聊天的时候，你睡着了。"

闻言，黎米樾消停下来："哦，那我倒是得看看那丫头做了什么东西。"

但是，他们迟迟没有等到人。

天色黑了下来，突然下起瓢泼大雨。等到宾客们全部尽兴而归，接程锦和黎米芸的人依旧没有回来。黎米笙面上的客气笑容再也维持不住，拨打给程锦的电话一直无人接听。

黎米樾越来越担心，急得双眼通红："怎么回事？为什么还没有把人接回来？"

黎振海坐在沙发上闭目养神，闻言睁开眼，带着一贯的威严淡淡地说："就这点事情，你都能急红眼？不沉稳。"

说完，他又闭上眼，静静地等着。

黎米樾习惯了爷爷见缝插针的挫折教育方式，也不想多跟他计较，把头扭到一边懒得理他。

一旁的黎米笙同样没把爷爷的态度当回事，他拿出手机打给司机，说："李叔，你把车开出来，送我跟弟弟去接人。"

心里莫名有种不踏实的慌乱，黎米笙不确定这种感觉源于哪处，只希望这种不安感只是自己杞人忧天。

他想尽快见到妈妈和小妹，确保她们安全无虞。

这时，黎振海的手机响起。

黎米笙跟黎米樾都下意识地抬头看向爷爷那边，目光灼灼。

黎振海看到是派去接人的属下打来的电话，接起电话，打开外放功能。

“喂。”

“董事长，出事了。黎少夫人跟黎小姐乘坐的船失事了。”

世界一下子失去声音，黎米笙跟黎米樾脸色苍白到失去血色，大脑已经来不及做出什么指令，身体却疯了一样冲进雨中。而黎老爷子已握不住手机，整个人失去力气般瘫软在沙发上，双眼失去了光彩……

2

一串优美的钢琴铃声从桥西镇广播中流淌而出，预告着今天的课程结束。下一秒，身着蓝白色校服的学生从各自教室鱼贯而出。

乐优昙扎着简单的马尾辫，套着肥大的校服，背着书包从教室里狂奔出来，在三三两两结伴而行的同学中穿插而过——虽然只是穿着一双十几块钱的地摊帆布鞋，可硬是跑出了运动会中百米跨栏的气势。

她在跟学校只隔一条街的一家菜店前停下，乖巧地对着店老板叫了一声“大叔”。老板似乎就在等着她，看到她出现就弯腰拿起脚边的一袋子菜递给她。

“小昙花，今天卖菜剩下的一些菜叶子，我挑拣了一下，这些都是好的，够你跟你爸爸吃两顿了。”

“谢谢大叔！周末我来帮您看店。”

“没事没事，快回家去吧。你爸爸还等着你做饭呢。”

“好嘞。那大叔再见。”

乐优昙抱着那袋菜叶，再次朝店老板鞠躬致谢，然后转身一溜烟朝家里跑。

“这孩子也真是不容易。小小年纪又要上学读书，又要回去做家务。”菜店旁边的一个摆小吃摊的大婶如是感慨。

她在这里摆摊摆了好几年，以前乐优昙也会在她这里买点零食解解嘴馋，但自从乐优昙的爸爸受伤瘫痪之后，乐优昙就再也没买过了。

菜店老板摇头，惋惜道:“还不都是穷闹的。这孩子小的时候，她妈妈得了癌症，家里给她妈妈治病借了不少钱，最后人还是没能留得住。不过，那时候她爸爸还能在工地上干活，所以欠债也

不怕，慢慢还总是可以还掉的，日子还算是有奔头。可谁能想到，她爸爸也出了事。”

桥西镇地方不大，发生点事情不一会儿就能全镇皆知，所以乐家的事情他们知道得一清二楚。

小吃摊大婶想到一件事，说：“不是说他受伤是因为在工地上救了一个大老板吗，那个大老板还给他付了医药费。”

“医药费是给付了，还给了一笔赔偿金，加上他们公司之前给他买了保险，拿到的钱是可观的。可还了小昙花妈妈治病欠的钱就所剩不多了，加上他伤病在家，每天的药费、营养费也是要花的，加上没有收入，早就用得差不多了。”这时，菜店老板深深地叹了一口气，“唉，一家子的事情全落在小昙花身上了，苦啊！”

“她也能撑得起来，已经很不容易了。”

“是啊，才十多岁的孩子，所以我们能帮的也就帮一点。”

只是大家都生活艰苦，能帮到的也不多，只是一些举手之劳的小事。

乐优昙住在一个违规搭建的小窝棚里，环境破旧逼仄，里头光线昏暗。当初为了给她妈妈治病，家里所有值钱的东西都被变卖了，一家人搬到了这里。现在，里面躺着她腿脚不便的爸爸。

屋内摆着一高一矮两张床，稍大一点的上面躺着乐爸爸，另一张小床是乐优昙的。其实这张小床是用木头架子搭起来，晚上用于睡觉，白天充作书桌。厨房就在门口，与卧室之间用塑料薄膜隔着，免得晚上透风。此外，一些生活杂物就整齐地靠墙摆放，一旁还放着一只长条形的泡沫箱，里面种着邻居们送来的铜钱草、吊兰……

虽然整个房间很简陋，但不难看出，生活在这里的人很热爱生活。

乐优昙早就适应了现在的生活环境。她放下书包，跟爸爸打了一声招呼后，叽叽喳喳地又说起今天在学校里发生的事情，手上也没闲着，麻利地将那袋子菜叶倒在塑料盆里，然后淘米煮饭，把淘米水倒在菜叶上接着洗菜。

乐爸爸从床上直起身，看着女儿熟练地把那些没人要的菜叶子清洗干净，分成叶子和菜梗放两堆。被苦难磨砺得没有血色的面容上满是心疼，他暗自狠狠地捶了几下腿，但不痛不痒，他真的残废了，像个垃圾一样还要拖累女儿。

做完这些事，乐优昙擦干净手，搬着塑料凳坐到小床前，边打开书包边问爸爸：“爸爸，你饿了吗？”

“没有。”

“那爸爸今天腿疼吗？”

“不疼。”

“那就好。”她不懂这个不疼并不是一件好事，只知道她爸爸不受苦痛折磨就放心了，“爸爸，你要加油。我也一起加油。”她的尾音每次都习惯性地上扬，听上去有一股活力，在这个房间里显得生机勃勃。

“好，爸爸听你的。”

“那我先做作业，等饭熟了我再炒菜。”

她面带尊敬地看着父亲，从父亲虚弱的脸上得到认可和鼓励后，心满意足地低头，专心写起作业。

四十多分钟后，乐优昙把书包收拾好，马上又去炒菜。她把菜叶跟菜梗分别做成两道菜，一道清炒，一道酸辣。

她从一旁拿出一张小折叠桌，摆在大床上，把菜端过来，又去端了两碗米饭。

“爸爸，你多吃点，我放了油进去。”乐优昙想起送油来的邻居奶奶说的话，“张奶奶说，要多吃点油荤你才能好得快。”

“好，爸爸听你的。”看着面前这张稚嫩的小脸，他心里突然酸涩，低头夹了几根菜梗。

忽然看到女儿手指间有一道血痕，应该是刚刚切菜时不小心割的，乐爸爸看着若无其事的女儿，几度自责得想要落泪。

乐优昙又给爸爸夹了一筷子菜，抬头对上他快要哭了的双眼，不禁一愣，问：“怎么了？哪里痛吗？”

“没有，爸爸心疼你。”

“可我没事啊。”乐优昙很诧异。她还小，没有太多想法，而且已经习惯了这样的生活，并不觉得自己可怜。

女儿的懵懂戳中了乐爸爸的泪点，他擦拭着不断涌出的眼泪，挤出笑容：“看你对爸爸这么好，爸爸很开心。”

乐优昙眯起眼笑得很灿烂，理所当然地说：“我当然对你好啦，你是我爸爸呀！”

另一边，黎家书房里，黎振海手里拿着一沓文件，眉头紧锁地翻看着资料，秘书齐程正在给他汇报情况。

今年是黎氏企业成立的四十周年，为了扩大企业的社会影响力，企划部和公关部联合制订了一系列活动，其中一项就是帮扶本市的低保残障家庭。

而黎振海手上拿着的是这次活动的帮扶对象资料，其中有一个家庭被秘书罗列为汇报重点。

“乐景明。董事长，不知道您还记不记得这个人？”齐程介绍，“三年前他在我们负责开发的黎明府小区工地上做事，恰好您那天带着人去视察，在查看三楼阳台的时候，因为护栏没有焊

死，您扶在上面差点摔下去，是乐景明拉回了您，但他自己因为没有站稳而摔下了楼。”

黎振海脑子里清晰地记起那天的惊魂一幕，现在想想，仍是后怕。

他低头看着资料上乐景明的照片，这些足够让他意识到，这三年里乐景明的生活有多艰难。他说：“我记得我们后来还给了一笔赔偿金。”

“对，赔偿都到位了。可是乐景明家里本来就欠了高额债务，还完债后，所剩不多，他后续的治疗就没有再继续了。”齐程低下头，“这也是我们的工作失误，后面看他没有联系我们，也就没再跟进了。”

黎振海知道这并不能怪齐程，原来的秘书潘思贤两年前调岗到东南地区分公司任副总，齐程是那时候新招进来的。

“那你再去联系一下他，带他去医院里再详细检查，让医生们拿出一个治疗方案来。”

“好的，董事长。”

“顺便，也帮他把家里安排好。”

“是。”

处理完一件事情，黎振海这才想到家里的另外两个人。

他问：“孩子们呢？”

齐程迟疑了一会儿后，尽职尽责地汇报："大少爷今天去了城南一家新开的酒吧，二少爷据说是跟新交的朋友出去玩了。"

"混账东西！那件事已经过去两年了，他们还这样不求上进！"老爷子把桌上的资料挥在地上，"再说，程锦跟小芸只是意外，既然悲剧已经降临，那我们除了接受还能怎么办！可他们居然连家业前途都不想要了，到处厮混，要不是我就只有这两个孙子……"

齐程在一旁吓得噤若寒蝉，也不敢出声安慰。

黎振海强行平复那股无处发泄的暴怒。他疲累地挥了挥手，说："算了，你去忙吧。"

齐程低头应答："是。"

半夜，窗外轰隆的雷声让乐优昙从睡梦中突然惊醒，腾地坐起来。

她脑子里一片空白，硬是回忆不起来刚才做的梦到底是什么内容，居然能让她满头虚汗。

屋内是伸手不见五指的黑，加上外面雷鸣不断，让乐优昙莫名产生了些许恐惧。她用手背擦掉冷汗，准备躺下去继续睡觉，忽然，天边劈过几道闪电，她在一闪而过的光亮中无意瞥见隔壁床上似乎没有人。

爸爸呢？

乐优昙凑到大床前，小手在床上一通乱摸。确认床上没有人，她心里咯噔了一下，带着哭腔喊了一声："爸爸！"

她连鞋都来不及穿就跑了出去，慌乱地撩开透明膜，看到灶台边坐着一个人影。见状，她的心稍微安定下来，语调重新上扬道："爸爸，你怎么下床了？"

爸爸没有回她。

她以为声音太小，爸爸没有听见。于是，她又问了一句："爸爸，你是口渴了吗？我给你倒水。"

乐优昙一靠近便闻到一股血腥味，慌道："爸爸，你怎么了？哪里受伤了吗？"

雷声在耳边炸开，她从墙上的挂钩上摸索到一个小手电筒，打开。

然后，屋里响起一声凄厉的哭号。

医院的手术室外，送乐爸爸来医院的村干部浑身湿透，一步一个湿脚印地跟着护士去交手术费用，离开前安抚地拍了拍乐优昙的肩膀。

乐优昙没力气说话。她拒绝了要带她去换衣服的护士姐姐，独自坐在手术室外，脑海里仍旧是爸爸垂头坐在血泊中，紧闭双眼的模样。

村里的叔叔们说，她爸爸是不忍心拖累她，而选择了这条路。可为什么不忍心拖累她，就忍心离开她让她变成孤儿呢？

她一定要向爸爸问清楚，明明说好一起努力的，为什么要扔下她呢？

眼泪一滴一滴砸在地砖上，慢慢氤氲成一小摊水渍。她莫名很是委屈，怎么也停不下哭泣，心里像是破开一个大洞，四面而来的风呼呼往里灌，让她不得安宁。

眼前突兀地出现一双黑皮鞋，乐优昙以为是村里的叔叔回来了，但她现在哭得一抽一抽的，非常伤心，根本不想打断自己的情绪，于是难得任性地不想抬起头。

但她不知道的是，这个浑身穿着黑色衣服的叔叔不是村干部，他在乐优昙身边坐下，轻声询问：“小朋友，陪你来医院的叔叔呢？”

乐优昙抬头，脸上还挂着泪，她警惕地看着这个出现得很突兀的叔叔：“叔叔马上就来。”

“好，那我在这里等他。”

乐优昙没有再理他，扭头看向另一边的手术室。

没过几分钟，一阵匆忙的脚步声由远及近。村干部拿着医院开出的各种单据急急忙忙跑回来。

陌生男人率先站起身，伸手跟村干部握手：“你好，我是黎氏企业的董事长助理齐程，这次是代表我们董事长来的。”

做过介绍，他开门见山地说明来意：“乐先生三年前救过我们董事长，这次我们集团有帮扶活动，正好乐先生符合我们的要求。所以接下来，我们会承包乐先生的治疗费，请国内外医生来给他重新诊断，有可能的话能让乐先生恢复行走。”

村干部越听眼睛睁得越大，他为乐景明的峰回路转而激动，忍不住对乐优昙说：“小昙花，听到了吗？你爸爸有救了！你赶紧谢谢他！”

乐优昙在听到爸爸有希望能恢复行走时，耳边就似乎炸响了烟花，再也听不见其他。她恍惚地看着难掩欣喜的村里的叔叔，顺着他拉扯的力气站起来，机械地弯腰鞠躬。

她的爸爸终于有救了。

3

一年后，黎家大宅。

欧式装修的卧房外面连着一个小书房，此时，一个少年正坐在书桌前，单手托腮，另一只手握笔在笔记本上快速记录一些要点。他的无线耳机里传来电脑屏幕上显示的视频会议内容，这正是黎氏企业公司内部的投标会议。

黎米笙刚满十八岁时便在黎振海的安排下，开始接触公司的一些项目，经过锻炼，如今处理一些简单的公务也算是得心应手。

好不容易看完黎振海给的会议视频，他揉揉眉心，扭头透过窗户看向远处，突然忆起往事——

见他一直在看书，一个小女孩提醒道：“大哥，老师说，看半小时屏幕就得看一下窗外。嗯……要不然你就看那边。”她肉嘟嘟的小手伸出一根手指，指着远处山上一个几乎已经变成一个小点的地方，“妈妈说，你就盯着那里的山看一分钟，眼睛就休息好了。”

回想到这里，他的眼中浮起一抹转瞬即逝的温柔。

别人说时间是最好的良药，黎米笙想，至少两年时间这个药效并不太好。尽管他接受了妈妈和妹妹遇难离世的事实，并决定继续生活，可他还是很容易想起她们。

他翻出手机中他们一家人的合照，手指指腹轻轻触碰照片上的爸爸、妈妈和妹妹。

他这辈子的遗憾有很多，其中之一是早早地失去至亲之人。小时候父亲去世，再大一点是母亲和妹妹坐船遇难。如果较真地论起来，母亲和妹妹的突然离开是他最难以接受的。

后来他在网上看到有网友提问：亲人的哪种离世最让人痛心？

他很赞同那个问题的答案——意外。

因为难以预料，活着的人没有做好足够的心理准备去面对天人永隔的悲恸。

手机的振动声打断了黎米笙的思绪，只见屏幕上方跳出来一条消息提醒。

另一边，黎米樾戴着副茶色墨镜躺在花园里的躺椅上，非常懒散地拿着硬币往前一抛，要是能听到轻微的入水声，那就说明扔进了喷泉池里。但试了几次都没能扔进去，黎米樾顿时对这个游戏失去了兴趣，拿起手机百无聊赖地跟大哥黎米笙发消息。

“哥，我好无聊。”还好有个更无聊的大哥能让他骚扰。

“去找你女朋友。”

“刚分手。”

……

“大哥，无聊的话，弟弟邀请你来花园里一起晒太阳。”

迟迟没有得到回复，黎米樾认清大哥不会再理他的事实，总算死心了。

“为什么我的大哥就不能再健谈一点呢？”他对着空气感慨了一句。

给黎米笙安了一个莫须有的“无趣”标签，黎米笙伸了个懒腰，又喝了一口旁边放着的果汁，哼着歌继续举着手机去骚扰手机通讯录上的其他人。

4

人来人往的舟曲市机场出发大厅，乐优昙嘟着嘴耷拉着脑袋推着爸爸的轮椅，缓慢地朝安检口走去。

乐景明虽然舍不得女儿，仍是强打起精神安慰道：“爸爸只是去国外进行第二次手术，你在国内好好学习，不要老是担心爸爸。”

“可我不想跟你分开。”

虽然知道这次爸爸出国治疗机会难得，心中十分感恩黎爷爷的帮助，可此时此刻，与父亲离别的不舍占据了她情绪的第一位。

“爸爸也不想离开你。但这次的分开是因为爸爸要接受更好的治疗，说不定等你下次看到爸爸的时候，爸爸就可以站起来了。”

“嗯，我知道。”乐优昙眼圈泛红，“但我们要分别好多年。”

她大概听说了治疗的流程，她爸爸去国外先要做几次神经修复手术，然后留在那里接受后续的康复训练，全部完成最少需要三年时间。她从未与爸爸分开这么久，一时间有些惶恐。

到达安检口，他们停下来，乐景明握住女儿的手，事无巨细地嘱咐："你黎爷爷说，爸爸在国外这段日子让你搬到黎家去住，这样可以更好地照顾你，爸爸也能更放心。我们家麻烦黎爷爷太多了，你在他家乖乖听话，有什么事情就打电话跟爸爸说。"

"嗯，我知道。爸爸也要照顾好自己。"

"你放心，我身边还有你黎爷爷请的护工照顾我。"

一年前那个晚上之后，乐景明和乐优昙就接受黎氏企业的帮助，因为乐景明救过黎振海的原因，黎振海对他们格外关照。齐程帮忙给他们租房子，给乐景明联系医院做第一期手术，帮乐优昙找对接学校办理入学手续……齐程还跟国外的知名专家发去了乐景明的病例，上个月有一个医生发回邮件愿意接诊乐景明，于是又安排他去国外接受后续治疗。

考虑到乐优昙还不能独立，黎振海特地让齐程转达，在乐景明出国期间，让乐优昙去黎家居住。

乐景明对黎氏的安排感激不已，不知道该怎么回报黎振海的帮助。

别墅区大门外，被擦得锃光发亮的黑色轿车缓缓驶来，随着雕花铁门的打开，它缓缓停在花园入口处。

"我们到了。"齐程提醒副驾驶座上的少女。

乐优昙压制着心中的惶恐，看着眼前这栋富丽堂皇只在电视中见过的别墅，内心滋生出一种面对未知世界的忐忑。她怯怯地跟齐程说：“齐叔叔，我有点紧张。”

这一年时间都是齐程来代表黎振海跟乐景明接触，时间长了，乐优昙也把齐程当作可以依靠的长辈。

齐程放缓声音安抚：“你不用太担心，记住我跟你说的话就好了。董事长平时多半是在公司，在家的时间很少。董事长的两个孙子也是，不太爱在家里待着，平时除了睡觉时间，基本都在外面。况且就算大家都没出去，你看看黎家别墅这么大，每天能不能碰上面都不好说，所以不用担心。董事长让你过来也只是你年纪小，让你一个人在外面生活他不放心。而且黎家的帮佣多，可以更好地照顾你。”

齐程很好地安抚了乐优昙，尽管她内心仍旧踟蹰不定，但那种不安和慌乱稍稍减缓了。

见乐优昙脸色略微放缓，齐程提议：“走吧，我带你去看看你的房间。”

“好。”

黎家的别墅非常大，乐优昙切实体会到了齐程的话“你看看黎家别墅这么大，每天能不能碰上面都不好说”，因为她迷路了。

齐程带乐优昙坐内部电梯到三楼，拐了几个弯来到她的房

间，还没等多介绍他的手机就响了，他出去接电话，乐优昙放下东西好奇地四处张望，发现外面墙上的壁画很漂亮，她一不小心看得入迷，人也跟着壁画的延伸不自觉变动了位置。等反应过来的时候，她已经不知道自己在黎家别墅的哪个位置了。

乐优昙想放声呼喊齐叔叔，但这个时间别墅太过安静，初来乍到的她有了一次莽撞的教训之后，不敢再立刻做太过张扬的事情。她只能绞尽脑汁回忆刚才走过的方向，可并没有多大用处。她左右徘徊，一咬牙选了一个方向就走，没多久就来到一个房间门口，看样子跟她的房间门口差不多，这应该就是这间吧。

乐优昙松了一口气，决定要在这个房间里安安分分地待着，等齐程打完电话回来。她没再多做思考，打开房门大步走进去。

然而，当她进入房间之后，才感觉到事情有一丝丝不对劲。

这个房间的房型跟刚才齐程带她去的房间相差不大，外面一个小书房连着里面的一个卧室，但房间里面的装饰完全不一样，正对门口的玻璃展示柜里放着好多钢铁侠的模型，还有一些乐高玩具。

大概是黎爷爷其中一个孙子的房间。

乐优昙心虚地准备溜出去，余光中瞥见玻璃柜里的一张照片，她如遭雷击，脚步不由自主地靠近。

这是一张很普通的合照，两个身高不一的小男孩中间站着一个粉雕玉琢的小女孩，他们的前面还趴着一条边牧犬，三个人弓着腰，眼睛直视前面，手指也跟着不约而同地指着镜头，似乎是在让边牧犬往镜头这边看。

乐优昙凝视中间的小女孩，脑海中的记忆翻飞，耳畔似乎响起小女孩银铃般的笑声。

“小昙花，我让妈妈给我买的巧克力，我们一起吃。”

“小昙花，我有一条狗，叫金豆豆，就是太大了，妈妈不让我带它出来，下次有时间我邀请你来我家玩，我们一起跟金豆豆做朋友。”

“哇，小昙花，这个鸡腿好好吃啊，谢谢你请我吃东西。”

视线慢慢变得模糊，乐优昙眨眨眼，眼泪夺眶而出，她将视线转移到照片上的两个男孩身上。

“小昙花，我有两个哥哥，对我超级好，不对，是无敌好。没有人比我的哥哥对我更好的了。”

“我哥哥们又被爷爷罚了，太惨啦，他们要做好多作业，看好多书。我想跟我哥哥们玩。”

“我本来让哥哥陪我一起出来玩的，可是哥哥他们出不来。”

“小昙花，你有哥哥姐姐吗？你看我跟哥哥的名字只差一个字，我妈妈说只有兄弟姐妹才这么取名字。我大哥叫黎米笙，二哥叫黎米樾，我叫黎米笙，是不是听上去就是一家人？”

“小昙花，我知道，你妈妈肯定跟我爸爸一样，都是去天上当神仙啦。你不要伤心，以后我妈妈分你一半，还有我两个哥哥，我把他们都分给你好吗？”

……

乐优昙小时候有一个很好很好的朋友，是在她学校附近的公园里认识的。她们长得很像，别人都说她们是双胞胎，她们互相看着彼此，好像在照镜子，继而天生就对对方有一种好感。

她们一起玩秋千，一起捉蜻蜓，一起分享零食，还会头碰头交换各种心事和秘密。每天放学后乐优昙都会在公园里等好朋友来找她玩，时间长了，她知道好朋友有一个很严厉的爷爷，有很温柔的妈妈，有很聪明的大狗狗，还有两个很疼她的哥哥。

好朋友的名字也很好听，叫黎米芸，小时候她并不能记住好朋友的姓，经常喊好朋友“米芸芸”。

可有一天，她坐在小公园里等了很久，一直到天黑，米芸芸都没有来。

后来，她的好朋友再也没有找她玩了。

她难过了很久，以为米芸芸不想要她这个好朋友了。

米芸芸的照片在这个房间里，以前也说过自己姓“黎”。

米芸芸是黎爷爷的孙女吗？那为什么齐叔叔之前给她介绍

黎家的时候都没有提到米芸芸呢？

乐优昙心中疑惑。

“你怎么跑到这里来了？”这时，齐程找到了乐优昙。

刚刚他出去接了个电话，回来就找不到乐优昙了，想到这是她第一次来，可能是迷路了，所以他赶紧在三楼这层到处找。

他走进来想把乐优昙拉出这个房间，说：“这是董事长二孙儿的房间。我们这样子不提前说一声就闯进别人的房间不太好，会被讨厌的。”

乐优昙无暇解释，反而问齐程：“齐叔叔，黎爷爷是不是还有个孙女？”

齐程微愣，问：“你怎么知道？”

“真的有吗？”乐优昙惊呼出声。

这件事情他并不是很清楚，只是入职的时候听前任秘书说了一下，还被好心提醒最好不要提关于董事长孙女的事情。因为黎家两位公子有次在家里听到有帮佣在议论妹妹，便清退了她们。

齐程虽然不了解其中的细节，但秘书守则第一条是安守本分不多嘴，他感谢前辈的提醒，把这件事情牢牢记在心里。工作的这两三年间，他在黎家进出很多次，也没看到过黎家小孙女的照片，久而久之他也快忘了董事长还有孙女这件事情。

怕乐优昙不知道黎家的忌讳，随意多问会引起黎家主人们的不快，齐程尽职尽责地解释："董事长确实有个孙女，不过多年前就因意外去世了。这件事情对黎家打击很大，他们都不愿意提起，所以你也不要多问。"

乐优昙眼泪扑簌簌地下来，那个可爱得像仙女的小朋友，那个知道她失去了亲人后就想把自己的亲人分给她的善良小朋友，在她不知道的时候已经跟她永别了。

"你怎么突然哭了？是不舒服，还是想你爸爸啦？"齐程百思不得其解。

乐优昙摇头，她抹掉泪，眼圈红红地突然要求："我想去找黎爷爷。"

小姑娘想一出是一出，但齐程也没多说，不管怎么样，先把人带离黎米樾的房间才是正经。

他带着乐优昙离开主楼，准备坐上停在花园入口的车去公司找黎振海。

当然，万能秘书齐程的打算是在车上安抚一下乐优昙，让她打消去黎氏公司的念头，毕竟黎董现在肯定在忙公事。

黎米樾去冰箱旁挑挑拣拣了很久，终于选好了自己想喝的饮品，又拿了杯子和冰块出来，带着饮品重新在躺椅上落座，一边喝冷饮一边玩手机，快乐双倍。

只是，他没躺回去多久，余光中不经意地瞥见了一个不敢提不敢想只能在无数个夜里梦到的身影。

“我这是晒太阳昏头了吗？”

黎米樾揉了揉眼睛，那个身影还拉着齐秘书在走，准备离开。

离开？

不不不，不管你是人是鬼，都不能离开！

黎米樾急得不行，猛地翻身坐起，想喊，但又不敢出声，怕吓到女孩，以后就再也不来看他了。他死死盯着少女，眼泪不断往外淌，嘴角却上扬成一个大大的弧度，但没来由地让人心酸。

可是不叫住她，她就要走了吧。

黎米樾喉咙像是被掐住，憋红了脸才挤出一句：“黎米芸。”然后哭号着又大喊了一句，“黎米芸，你别走了！”

别再离开我们了。

听到喊声，乐优昙和齐程愣在原地。

乐优昙下意识地回头看向被他们两人都忽视的角落，刚才进门的时候那个位置上没人，现在怎么就出现了一个哭得歇斯底里的人？

齐程拉住乐优昙，轻轻介绍：“那是董事长的二孙儿，黎米樾。你可以叫他二哥。”

“二哥？”

乐优昙思绪纷飞，原来这就是米芸芸小时候经常说起的二哥——带她去抓蚯蚓，带她钻狗洞，带他玩肥皂水吹泡泡的二哥。

乐优昙想到米芸芸说起二哥时脸上带的笑容，本来止住的眼泪再次落下来。因为米芸芸，她对这位初次见面的二哥也多了几分亲近。

齐程小声提醒：“对，我之前简单和你说过。黎米樾脾气冲，喜怒不定，你和他保持距离比较好。”

乐优昙胡乱地应了两声，但并没有听进去，而是当着齐程的面朝黎米樾走去，想问问他关于黎米芸的事情。

齐程自我安慰：“初次见面，还是得去跟人家打个招呼的。”

走到黎米樾的面前，乐优昙没想好开口说什么，就被难掩震惊的黎米樾抓住，他双手颤抖，死死地抓住了她的手腕，阳光刺得晃眼，他却努力睁大着眼睛，紧盯着少女，感受着掌心中温热的触感。

妹妹……没死？

乐优昙不知道该做什么反应，她正被死死地抓着，好像落水溺死的人抓住那根可以救他的稻草一样。她无法感同身受，但足够接收到黎米樾的忐忑和误以为妹妹回来后的欣喜，她瞬间就懂得了失去妹妹之后他会有多煎熬。

想到黎米芸，乐优昙刚刚平复的泪意便又涌出来了。

黎米芸虽然离世了，可她的家人还是很爱她。黎米樾只当妹妹是出了趟远门如今回来一样。

但是，她仍旧要残忍地打破他的幻想。

乐优昙颤抖着声音叫了一句："二哥，我不……"

"哎！"黎米樾赶紧应答。他嘴唇轻颤，试图通过咳嗽来镇定情绪，但依旧激动过头声音卡在喉咙里不是很响亮。

怕心爱的妹妹听不到回应，他又提高声音，应了一句："哎！"

他情绪激昂，完全不知道自己打断了乐优昙的问话，反倒一腔热情地相信妹妹回来了。

他又退开一些距离，捧着她的脸，问出他很想知道的问题："黎米芸！你这么多年去哪里了？你知不知道我们找不到你多伤心！你怎么一直没回来？是齐秘书找到你的吗？这些年你过得还好吗？"

他似乎不需要任何回答，没等女孩准备好答案，就又急着说："没关系，这些都不重要。你人回来了就好。"

他放开手，掌心离开女孩手腕的下一秒，残留的温度慢慢消

失，让他有些不安。紧接着，他又重新握住女孩的手腕。

要紧紧地抓住她，不让她再有机会能够离开他们。

他的妹妹回来了。

黎米樾刚刚的一连串问题让乐优昙意识到目前的状况，因为她和米芸芸长相太过相像，黎米樾把她错认成了他妹妹。

看到黎米樾欣喜到近乎癫狂的样子，乐优昙几次想要开口解释，却都没有找到合适的时机。

两三次后，乐优昙越发不忍心破坏他此时的心情。

黎米樾毫不知情，他完全被心里呼啸而起的海浪般巨大的惊喜给淹没。

他嘿嘿嘿笑出声，然后两手托着少女的胳膊，将她高高举起，差点就来了一个抛到半空中再接住的动作，还好理智拉住了他。

乐优昙惊呼出声，下意识地照着黎米芸的叫法喊："二哥，你放我下来！"

"我妹妹没死，回来了！太好啦！芸芸回来了！大哥知道后肯定也会开心！"黎米樾被欣喜淹没，根本听不见她在说什么，说到大哥，已经停止运作的大脑才想起还得去通知一声，"我要告诉大哥这个好消息！芸芸，大哥他肯定也会高兴得要疯！"

于是，他轻轻把乐优昙放在地上，没有等人站稳就揽住她的肩膀，转了个弯，带着她一阵风似的刮进房子里，留下站在旁边被忽视得彻底的齐程。

齐程看明白了这一出误会，他没来得及组织语言，黎米樾就已经导演了逻辑合理的认亲大戏。他只能默默地拿出手机将此事报告给黎老爷子。

乐优昙扭着脖子看到被落在门口的齐程，发现指望不上他来处理眼前的事情，便试图让黎米樾冷静下来，说："二哥，你先松开我好不好？"

"不，放开你你又不见了怎么办？"

"不会，我回来了就一直会在的。"

"那等我带你去见了大哥再说。"黎米樾的气息有些不稳，很委屈地小声嘟囔，"芸芸，以后不要再离开我们了好吗？失去你和妈妈的痛苦，我和大哥真的没办法再经历一遍了。"

乐优昙仰着头看他微红的眼圈，心里冒出一个大胆的想法……

"大哥你快来！有好消息！"

黎家大宅面积太大，压根儿没想起手机的黎米樾像个没头脑似的在别墅里乱跑，激动得已经有些破音，但他仍旧扯着嗓子要把黎米笙喊出来。

乐优昙所有心神都放在她构思得越来越清晰的疯狂想法上。

三楼房间内，隐约听到呼唤的黎米笙揉揉脑袋，心想着弟弟又来祸害自己了，无奈地叹了口气。他打开房门，坐电梯到一楼，刚从电梯里出来就撞上黎米樾以及被他搂着的少女。

黎米笙没看清楚黎米樾搂着的人是谁，意外地后退了一步，玩味地看着黎米樾，打趣道："干吗？带女朋友来见家长吗？"

"不是！大哥！"黎米樾将人推到黎米笙面前，"你看是谁回来了？"他眼含热泪，"是小妹！她没有死！老天也太会给我们送惊喜了！小芸回来了！"

"我……"乐优昙迟疑着，不知道自己该说什么，因为有个大胆的想法在阻止她解释这一切。

黎米笙脸上的浅笑凝固了，慢慢地将视线转移到乐优昙身上，看到人后他瞳孔收缩，内心掀起惊涛巨浪。

他反复琢磨着黎米樾说的每一个字，不由自主地回想起几分钟前手机里的大合照。

他曾无数次地想象着，如果妹妹没出事的话，如今会是什么模样。

如今人站在了他的面前，他第一时间想的是——不可能。

黎米樾看大哥没有动作，又将人拉近，让黎米笙可以摸到乐优昙，说："哥，你看，是芸芸！是我们的妹妹回来了！她没有死！”

乐优昙因为黎米樾的这句话下定了决心，她抬起手，怯生生地打了个招呼：“大哥。”

记忆里的小女孩与眼前的少女重合，他不切实际的想象变成了现实，于是灰暗的世界重新运行起来，变得清朗明亮。

他喉结滚动，眼皮轻颤，双手攥了攥拳，迟疑地伸出手想要去摸摸妹妹的脸，但刚伸出又顿住，不清楚妹妹是不是还会习惯他。

忽地，他的手腕被女孩握住，轻轻柔柔的力道，却好像是紧紧掐住了他的心，让他陡然呼吸一滞，又重新慢慢地开始血液沸腾。他颤着声喊了眼前人的名字：“芸芸。”

他将人紧紧抱住，低头埋在她的肩膀上，在她的衣服上留下几点深浅不一的泪痕。

妹妹回来了！

黎米樾看哥哥和妹妹相拥在一起，抹干脸上的泪，也抱住哥哥妹妹。

“我们三个需要大大地拥抱一下。”他说，“这个场面可太感人了。”

少女破涕为笑。

“米樾，这个时候你可以闭嘴的。”黎米笙胡乱揉了一把弟

弟的头。

三个人又哭又笑，紧紧地抱成一团。从此之后，他们相依为命，彼此同呼吸、共命运。

“黎米芸”被围在中间，她闭着眼睛都能感受到两个哥哥的兴奋和激动，真挚到让人不敢想象以后会发生什么。她此刻内心五味杂陈，不知道这个选择是对是错，不安已经被另一种情绪替代。就让她在爸爸不在的日子里变成黎米芸吧，至少她可以让黎米芸最爱的哥哥们重新开心起来，哪怕开心的背后是欺骗。

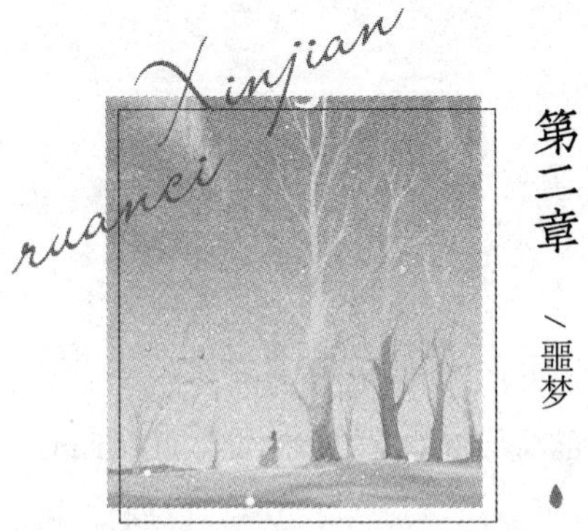

第二章 / 噩梦

1

五年后。

临近下课，班级里的氛围变得躁动。

乐优昙感受到手机的振动，趁老师转身背对着大家在黑板上写板书时，点开微信看消息。

同桌见她脸上洋溢着幸福的笑容，按捺不住好奇心，凑过来八卦道："跟谁发信息呀，这么开心？"

乐优昙收起手机，低声解释："是我二哥说来接我放学。"

同桌一听，"羡慕嫉妒恨"道："平时不是你大哥来送你，就是你二哥接你，你可真幸福啊，听得我反手就想揍我弟弟一顿。”

“所以请你向我大哥、二哥学习一下，做个让别人羡慕你弟弟的好姐姐。”乐优昙神气地抬着下巴，以一个“被哥哥们疼爱的幸福妹妹”的身份，语重心长地教育同桌。

这句话有点绕，等到下课铃声响起，同桌才幽幽地回了一句：“我弟弟不配得到我这么优秀又疼他的姐姐。”

她绝对不承认，是她自己做不到像黎家两位哥哥对妹妹的贴心呵护。

“行吧，”乐优昙心情很好，被同桌随便几句话就能逗笑，“那我去见我优秀的哥哥去了。拜拜。”

“赶紧去吧！你这个可恶的女人！”

乐优昙不再跟同桌斗嘴，背起书包，脚步轻快地离开了教室。

校门外，一辆跑车停在离校门口最近的临时停车位上，学生们三三两两地从学校里出来。

振德学校的学生家庭条件普遍不错，但见惯了豪车的他们也不由得多看了他们几眼。

驾驶座的车门向上开着，一条长腿自车内伸出架在路边。黎米樾坐在车座上，单手扶着方向盘，戴着蓝牙耳机，眼睛一眨不眨地盯着校门口方向，直到一抹娉娉婷婷的身影走出来，刹那间抓住他的眼球。

他从车内出来，长身玉立地站在路边，闲散帅气的模样立刻吸引过往学生们的注意。

黎米樾早就习惯别人的注视，不受影响地举高手挥了挥，随后靠着车身，等着发现他的妹妹背着包直奔他而来。

“哇，这位开着帅气跑车的帅哥，”乐优昙一边打趣一边亲昵地挽上他的手臂，“能加个微信吗？”

黎米樾端着脸严肃地教育：“男人不靠谱，长得帅的男人更不靠谱。看来你哥哥的家庭教育做得很不到位啊。”

“那成，回去我批评我哥去。”

“长兄为父，我觉得你大哥得负主要责任。你二哥的错也就是长得太帅而已。”

乐优昙翻了个大白眼，说：“我的哥哥，你去国外是去进修你的脸皮了吧。”

“进修脸皮这事用得着去国外？你也太小瞧你二哥了吧。”黎米樾接过她背着的书包，拥着她坐进副驾驶座，“这次你二哥我紧赶慢赶，总算是提前回来了。”

等他坐回到驾驶座，乐优昙问道：“那大哥呢？他什么时候回来？”

“你生日那天肯定能回来。”黎米樾很笃定，“等他收完尾

就可以了。”

“你们不要太辛苦就好，反正也就是一个生日而已。”她知道哥哥们为了她的生日宴会，一定在加班加点地赶进度，语气里难掩担心，“也没有那么重要啦。哥哥们到时候给我补办也可以。”

“胡说，十八岁成人礼怎么可能不重要，”黎米樾岔开话题，“别说这个了，二哥带你去个好地方。”

“什么好地方？”

“去了就知道了。”

跑车绝尘而去，在校门口目送他们离开的女生们八卦起来：

“黎米芸的哥哥也太帅了吧！”

“黎米芸命真好啊，自己长得漂亮不说，还是黎家唯一的大小姐，成绩好、性格好，两个哥哥都好宠她，简直是偶像剧里的女主人设。这样的人生应该没有缺憾了吧！”

“而且两个哥哥也都很帅，一家子的基因都优秀到让人嫉妒。”

“不过我听说，黎米芸的爸爸妈妈都已经不在了，”其中一个女生家境比较不错，关于黎家的事情也知道得更多一些，“黎米芸小的时候她爸爸就去世了，等她稍微大一点的时候，她妈妈带着她出去玩，结果在海上出了意外，她跟她妈妈都落了海。

当初黎家没有找到她们，以为都已经遇难了，没想到黎米芸又被找回来了。”

“偶像剧女主的人生，果然大起大落。不过，大难不死，必有后福，也难怪她的哥哥这么疼她。”

“是呀，失而复得的妹妹嘛。兄妹三人跟着爷爷一起相依为命，感情自然很不一般。”

这些消息也是女生们第一次听说，内心震惊的同时，终于有点理解了黎家“如胶似漆”的兄妹感情。

女生们的这些议论，乐优昙并不清楚。

她靠着椅背，精神有点萎靡，有一搭没一搭地跟黎米樾聊天，话题风马牛不相及，想到什么说什么。上一秒是昨天家里做的牛肉桂花羹有点淡了，下一秒就能聊到书上学的亚热带季风气候及其成因，然后再转到大哥在非洲那边买了几个钻石矿，到时候要是能采出什么品质好的钻石就做成项链送给她……

“大哥在非洲买了钻石矿？”乐优昙又多问了一遍，显得对这个事情比较热情。

“是啊，正好有人急需用钱低价脱手，大哥就买下了。”黎米樾见妹妹好奇，就多解释了一句。

果然，女人不管年纪多大，都会对钻石感兴趣。

乐优昙眼珠一转，接着问：“那非洲好玩吗？”

“你想去玩吗？”黎米樾随口问了一句，紧接着自顾自地回答，“也就那样。不过你好奇的话，下次有时间就带你一起去那边玩几天，有些地方风景还不错。我们可以去非洲大草原上看野生动物。不过国外治安不如国内，你要跟在我和大哥的身边才安全。”

“哦。”乐优昙很乖巧地回应了一声，“我当然是跟着你们一起。”

黎米樾听到软软糯糯的声音，忍不住空出一只手轻轻揉妹妹的发顶：“我看你有点累，是学习太辛苦了吗？”

“唔，还好，可能是最近作业比较多。”话音刚落，她打了一个哈欠。

振德中学虽然是私立学校，但校领导在学习成绩这方面丝毫没有放松过，特别是对他们高三生，每个被高薪聘请回来的老师恨不得搜罗市面上所有的题塞进学生们脑子里去，因此高三生的课后作业也比较多。

“要是太累就休息。”黎米樾接着说，“你只要过得开心就好。”

乐优昙斜睨着哥哥，说：“我要跟大哥投诉，你在妨碍我变得更优秀。”

“你怎么又跟大哥抱团了？难道我们两个不是抵制大哥的统一战线队友吗？”

“并没有，我无条件跟大哥站一边。”

“呵。”黎米樾轻轻地笑。

乐优昙继续火上浇油，说：“我好想大哥。”

“可怜二哥没人爱。”

“大哥赶紧回来吧。”

“行，我等下就买票回去，把大哥换回来。三个人的故事，二哥不配有戏份。”

两个人越说越幼稚，明明很无聊的话题也说得津津有味。

最后，乐优昙率先投降：“好啦，我最喜欢二哥！”

“什么？我没听见！”

乐优昙提高声音：“我最喜欢二哥！”

“等等，我得录下来发给大哥听。”

乐优昙秒变傲娇脸，哼道：“黎米樾，你没机会了，我不说了。”

玩笑过后，她看向车外的景色：“我们去哪里？”

“喏，就在前面。”黎米樾抬抬下巴，示意她看前面。

不远处有一个购物中心，广场上伫立着一块巨大的 LED 电子屏幕，此刻正好轮播到一家宠物店的广告宣传片。

黎米樾停好车，轻车熟路地带着妹妹往宠物店走去。

乐优昙走在他身边，试探性地问：“该不会是你要送我宠物吧？”

“开心吗？上次我送一个朋友来这里给他宠物打针，碰巧看到一条小狗，你一定喜欢。”

“哇！二哥！我超想要一条小狗！”乐优昙的情绪一下子高涨，随即又开始担心，“可是爷爷看到狗不会高兴吧？”

“没关系，爷爷也会开心的。”

黎米樾笑得有些勉强，让乐优昙将信将疑。

但是很快，乐优昙就没心思担心其他的了。

黎米樾从宠物店老板的手中接过一条毛色黑白相间的牧羊幼犬，脖颈处还系着一个浮夸的蝴蝶结。他很有仪式感地指挥乐优昙：“来，解开蝴蝶结，你就拆开了我送你的礼物，它就属于你了。”

乐优昙纵容哥哥的幼稚，听话地拆开蝴蝶结，爱不释手地撸着小狗柔软的毛发。

“喜欢吗？”黎米樾抱胸，很肯定她的答案。

“特别喜欢！”

“那你给它取个名字吧。”

过了好一会儿，乐优昙才抬头对他说：“叫金豆豆吧。它跟金豆豆长得一模一样。”

黎米樾想起了小时候，目光变得柔和：“好，就叫金豆豆。”他忍不住加了一句，“我还以为你不记得金豆豆了。”

“怎么可能！我才不会忘记金豆豆。小时候它可是无数次地把你跟大哥从爷爷的紧迫盯人中解救出来。”

“是，它劳苦功高，我跟大哥都很感谢它。”

乐优昙不再多说什么，手法轻柔地撸着不停往她怀里拱的小狗狗，低头一遍遍地喊它：“金豆豆，叫你金豆豆好不好？”她声音低哑，遮掩住翻江倒海呼啸而来的记忆。

公园草坪上，黎米芸穿着一身白色公主裙，和红色小碎花裙的乐优昙并排坐在草地上，她们的对面蹲坐着一条毛色黑白相间的牧羊犬。

黎米芸严肃着小脸，跟乐优昙介绍：“这是我家的狗，叫金豆豆。它特别聪明，还会算数！”

她仰着脸骄傲地说：“你可以考考它算术题。”

乐优昙学着黎米芸的姿势摸了几下金豆豆又亮又蓬松的毛发，认真地对金豆豆提问：“金豆豆同学，请问 1+2 等于多少。”

金豆豆看着黎米芸竖起的三根手指，随后，淡定地叫了三声。

“看吧，豆豆会做算术题。”黎米芸抱着金豆豆，与有荣焉

的骄傲模样，“以后我们豆豆也要跟我去上课，我还带它去上大学。”她看着乐优昙，邀请道，“我们一起去。”

“嗯！”乐优昙理所当然地点头，她要跟米芸芸一起上大学。

2

黎米樾并没有胡说，黎米笙果然在黎米芸十八岁生日那天的清晨赶回来，并且顶着一副倦容，亲手在厨房里做了一碗长寿面。

乐优昙起床下楼。

黎米笙端着卖相颇好的长寿面来到用餐区，他腰间系着一条围裙，却没有影响他身上沉稳内敛的气质。

“大哥，早呀！”乐优昙的声音习惯性上扬。

“芸芸早。”黎米笙打了个哈欠，懒洋洋地招呼道，“过来吃面。”

“嘻嘻，大哥这么贤良淑德的居家模样一年只能见两次。”乐优昙自觉地在餐桌边坐下，低头闻了一下长寿面的香味，举起大拇指点赞，“手艺年年见长，大哥不管做什么都超优秀的！”

“你今天的马屁已经拍够了。”黎米笙递给她筷子跟汤勺，伸手在她头顶揉了一把。

“哪有，我说的都是实话。”她嘟着嘴，表示大哥的不信任让她非常伤心。

黎米笙不会做饭，不过他很多年前就特地向家里的厨师学习做长寿面。尽管每年黎家孩子的生日都会举行一场盛大的生日宴会，但黎米笙总觉得那不是他们想要的。身为大哥，他在弟弟妹妹生日那天，都会亲自做一碗简单的长寿面端给他们吃。

黎米笙看妹妹吃得很香，拍了拍她的发顶："生日快乐，小芸，要继续健康地长大，哥哥们会一直保护你。"

他声音温和，里面似乎包裹了他所有的柔情，让乐优昙忍不住想要落泪。

她埋头吃面，稳了稳情绪，才催着黎米笙回房休息，说："好啦，大哥，你赶紧去睡一觉吧，已经打了好几个哈欠了。"

"年纪大了，熬不了夜了。"

"你也才二十几岁好嘛，还是一个血气方刚的小年轻！"

"每天净瞎说！"

"嘿嘿嘿，都是被二哥带坏的。"

这个"锅"甩得非常自然，一点都不觉得亏心。显然黎米笙也觉得是黎米樾的"锅"，他很认同地点头："等我睡醒就找他算账。"

夜里，月朗星稀，黎宅内所有到场的宾客此时都被邀请站在花园里，翘首欣赏夜空中的无人机群表演。

无人机在空中组成“黎米芸”十八年来的一些日常的简单画面，比如一个小女孩抱着一条小狗；小女孩被两个大一点的男孩牵着手；女孩慢慢长大成少女……

乐优昙站在黎米笙和黎米樾的中间，三人占据着花园里最好的位置。

她挽住两个哥哥的胳膊，喃喃地说：“有你们当哥哥，真的好幸福。”

“有你当妹妹，我们也很开心。”黎米笙凑在她耳边，低缓地说。

最后，无人机拼凑出“祝芸芸生日快乐”几个大字。在众人的掌声中，预告着生日宴会的正式开始。

黎米樾从角落里推着一个八层高的巨型蛋糕车出来，年轻点的客人们很给面子地唱着《生日歌》。乐优昙挽着黎米笙的手来到花园中间闭目许愿。

随后，黎米笙身后的白色巨幕上被投影出很多座山区学校的照片。伴随着图片的播放，黎米笙介绍着，这几年黎家以“黎米芸”的名义在三十多个山区建立了希望小学，资助了180位儿童，并且还成立了保护儿童的基金会。

客人们认真地听着黎米笙的介绍，开始与相熟的人聊起感兴趣的消息。

“太羡慕了，嘤嘤嘤，上个月刚过完十八岁成人礼的我输了。”

“我希望我能有黎家这样的哥哥。”

“这场宴会好像是黎家两位哥哥一手操办的。同样都是哥哥，我家的哥哥从没给过我惊喜。”

“无人机也太帅了吧。我的要求并不高，明年我生日，有人能为我租同样多的无人机，也给我来场表演秀吗？”

“我看你是在做梦。”

“好大手笔！这么多希望小学，这得花多长时间准备一个生日啊。”

“下辈子我也要一个哥哥。”

以上都是年轻一代的活泼对话，而年长一辈的人讨论的话题自然更加现实。

“刚才的无人机，听说是黎家两位小辈自己开的高科技公司研发的。”

“黎老爷子后继有人了。黎大少爷三年前就开始接手黎氏产业，做得有声有色，黎氏的股价一直稳步上升。黎二少爷虽然还在继续学业，但黎氏很多对外商务洽谈中已经出现了他的身影。”

“黎家小姐性格好，相貌好，现在已经成年。各位家里有年龄相仿的小辈的话，不妨行动起来。这么优秀的小姑娘，还是得

先下手为强。”

“那我得回去跟我家老爷子说说，黎家没有女性长辈，这些事情只能找黎老爷子谈。”

“说起来，黎老爷子呢？”

“开始出来说了几句话，就说年纪大了体力不济，将事情全都交给两个孙子了。”

“要是我儿子有黎家这两小子的本事，我也可以放心地当甩手掌柜。”

……

宴会临近尾声，乐优昙妆容精致，换了一袭白色抹胸式礼服，言笑晏晏地答谢每个来祝贺她生日的客人。

不远处，黎米笙端着酒杯与商业上的合作对象交谈甚欢，尽管多数人都是他父亲的年纪。黎米樾则招呼被家长们带来的小年轻们，现在显然是喝得有点高，一帮人勾肩搭背，气氛融洽。

乐优昙应付完一圈人之后，走到一个僻静的角落里躲清闲。到处都是热闹，她躲在黑暗中，浸染了一丝孤独，仿佛陷入一个情绪的怪圈，开心过头了就是悲伤。慢慢地，她的肩膀耷拉下来，力气从身体里一丝一丝被抽离，眼睛里的光亮逐渐熄灭。

手里握着的手机嗡嗡振动，她的心也跟着轻颤了几下。下意识地在人群中寻找哥哥们的身影，良久后，她才点开手机，收到的是一张照片。

背景是国外的一处中国工地上，一群外国人中间有几个戴着安全帽的中国人正拿着图纸在认真比画，其中一个中年男人的侧脸轮廓那么眼熟，熟悉到乐优昙刚才卸掉的所有力气重新充盈着身体内的四肢百骸。她难掩激动地将照片放大再放大，尽管心中已经有了答案，可仍旧偏执地想要辨认清楚他是不是自己一直牵挂的那个人。

她看清了他的脸，确认他就是爸爸。照片里，他站在坑洼不平的地面上，脸上意气风发，与她牢记在脑海中的人有了很大不同。他再也不是站不起来的、对生活失去信心的、怕拖累女儿而选择自杀的那个男人了。

乐优昙忽地抬起头，深呼吸了好几次，才把眼泪努力憋回去。

她阅读随着照片一起发送过来的信息。

“小昙花，你最近过得怎么样？在黎爷爷家一切还好吗？爸爸的腿恢复得很好，你不用为我担心。跟完这个项目我就可以回国待一段时间了，到时候爸爸要给你一个大惊喜。期待吗？”

人群里，黎米笙环视花园一圈也没有发现妹妹的身影，便暂时撇下一群跟他联络感情的合作伙伴，在充满酒气的年轻人区域

找到黎米樾，将黎米樾提溜出来。

“你喝醉了吗？”

“没有，”黎米樾摇头摇得干脆利索，“这才哪儿到哪儿。”

黎米笙姑且相信，说：“那你去找找芸芸，我没看到她。”

黎米樾脚步不稳地原地转了一圈，说：“是没看到她。嗯，说不定她是有些累了。你放心，我马上去找找。”

“你别把自己找不见了。等我把人送走，再去找你们。”

“放心大哥，我办事绝对牢靠。”

黎米笙看着喝得有些上头的可爱弟弟，一时没忍住，在黎米樾的脸上掐出了一个红指印。

于是，在逛了一大圈之后，散掉酒气重新变得清醒的黎米樾，捂着一边的脸颊，在花园的角落里找到了妹妹。

“小芸，你在这里干吗，害得我找了你一大圈。”他边问边上前，右手随意地搭在妹妹的肩膀上。

触手一片冰凉，黎米樾忍不住皱眉，说：“你不冷吗？怎么一直站在这里没有去添衣服？”

他脱下自己的西装外套，搭在乐优昙身上。

乐优昙早在他出声的时候，就已经飞快地在手机上回了几个字。直到黎米樾问她冷不冷，她才惊觉凉意刺骨。

“没关系，二哥。我就是无聊了，在这里躲个懒，顺便玩下手机。”

黎米樾拢了拢挂在她身上的衣服，这才满意道：“赶紧过去吧。大哥没看到你的人影，有点担心，让我来找你。”

“好的，马上走，这里有点冷。”

“你这个人，等下让人给你煮姜茶，明天不要感冒了。”

乐优昙好笑地站在他身后，双手推着他的背：“好啦，你不要絮絮叨叨的了。我知道了。”

她看了一眼手机，确认对面没有再回复消息，才把微信的后台给关闭了，没有多想爸爸说的大惊喜是什么。

与此同时，余家。

与黎米笙年纪相仿，从小就被拿来跟黎米笙作比较的余亚齐，坐在沙发上烦躁地刷着朋友圈。

“又是生日宴，还是生日宴，今晚上大家的活动都这么单一了吗？”他碎碎念，对今晚如出一辙的朋友圈内容非常不满。

本省的商业圈子说小不小，说大也不大，认识的人几乎都是重合的。黎氏家大业大，属于顶尖位置的那一批，举办的宴会自然是让很多人趋之若鹜的。更何况今天是黎家唯一千金的成人礼宴会，能拿到一张邀请函的人自然都去参加了。

因此，余亚齐朋友圈内的大部分人都去黎氏凑热闹了，显得

没有去的他被众人排挤在外，人缘有多差似的。

他仔细翻看着大家上传的照片，眼神变得凌厉。

总有一天，他要把黎米笙狠狠踩在脚下！

3

当晚，乐优昙泡了一个热水澡后，又在黎米笙的监督下喝了一碗姜汤，这才被放回房间。

她坐在卧室里的书桌前，从抽屉柜深处翻出一个日记本。

打开新的一页，她提笔开始写下今天想要告诉黎米芸的一些话。

“小芸，今天是你十八岁生日，祝你生日快乐呀。哥哥们以你的名义建了几十所希望小学，还资助了 180 位贫困学生。如果你还在的话，一定会很开心的！对了，今天爷爷告诉我，我爸爸的腿好了，现在在国外工作得很开心。下个月，他就可以回国了，我们终于能够团圆了。我以为听到这个消息，我会很开心才对。多年来，我经常会在半夜惊醒，我无时无刻不在担心他，希望他可以重新站起来，重拾对生活的信心。可是，很奇怪，当这一天终于变成现实，我并没有想象中的激动，反而在看到大哥和二哥后，心里一阵阵地抽痛。这几年，我冒充着你的身份，卑微地占据你的位置，享受哥哥们对你的疼爱。尽管我清楚，他们爱的是你，你才是他们真正的妹妹，但我仍旧会为这些情感而感动，久而久之，开始把他们看作是亲哥哥一般。虽然，我时刻记得自己是假的。如果不是黎爷爷帮助我，我还只是一个受尽生活折磨的人。米芸芸，如果你还活着该多好啊。你会是全天下最幸福的妹妹，哥哥们会努力疼你爱你，把最好的一切捧到你面前。然后你开心了，他们也就开心了……”

啪嗒！

一颗泪珠砸在日记本上，把已经干涸的字迹氤氲得有点模糊。

乐优昙别开头，用手抹去眼泪，思绪翻飞，五年前的记忆碎片浮现在眼前。

那天，她让黎米笙和黎米樾相信她是黎米芸之后，她才终于见到了一直帮助乐家的黎爷爷。

她因为自己撒的弥天大谎而四肢僵硬，紧张得全身发颤，却又努力挺直身体站在黎振海的面前，尽量用平静的声音说出她的初衷和想法。

黎振海没有表情，眼神很是锐利。

“原来你跟我孙女长得竟然这么像。”

他只见过乐景明，却没有留意过乐景明的女儿。

乐优昙说："我跟米芸芸，就是黎米芸，小时候是好朋友。因为长得像的缘故，我们关系非常亲近。"她目光坦荡，望着黎振海，"我被二哥错认，没来得及解释，后来，看到二哥开心的样子，我能感觉到他失去妹妹有多痛苦，所以我才大胆地假冒了米芸芸。"

黎振海幽幽地叹了口气，说："我可以帮你向他们解释，你只是跟小芸长得很像的人。"

"不，黎爷爷，你不嫌弃的话，我愿意假冒成米芸芸。她跟我说起她哥哥的时候是笑着的，她一定想要她的哥哥们快乐。"

"哪怕是欺骗吗？"

乐优昙执拗地说："至少现在是快乐的。"

"这件事情我希望你跟你爸爸说清楚。"

"我会的，我爸爸也会支持我。"

"如果你爸爸同意，那我也没理由反对。"

"谢谢黎爷爷。"

"我希望我的孙子可以经受谎言，也可以经受痛苦，可以不受感情蒙蔽，任何时候都能做出理智的判断。所以这次对他们而来也是考验。"黎振海看着眼前这个目光清明的小女孩，"我只当你是在玩过家家的游戏，虽然你出发点是好的，我应该感谢你，也会配合你的。这个游戏你随时都可以喊停。"

“我明白了，黎爷爷。”

……

乐优昙回过神，眨眨眼，继续在日记本上写着。

“我马上要离开了，以后再也不能出现在哥哥们面前。大哥和二哥一定会很伤心的吧，也许还会愤怒，毕竟我欺骗了他们那么久……不管怎样，希望他们可以幸福，健健康康，遇到的事情都是如他们所愿的。米芸芸，我最好的朋友，希望事情都能往美好的方向越变越好。再见。”

乐优昙知道自己马上要离开哥哥们了，便无比珍惜跟哥哥们相处的时间，每天都要想办法尽可能多地待在哥哥们身边。一直认真对待课业的她已经请了几回假，跟在哥哥们身后充当一条小尾巴，也不做什么，就是静静地看着大哥和二哥。

所以，当她在餐桌上听大哥说要出差的时候，才会情不自禁地“啊”了一声，满含失望，引得两个哥哥都抬头看她。

黎米笙放下碗筷，把手掌探到她的额头上，等了一会儿，并没有察觉她的体温有什么异常。他不由得关心地问：“你这段时间怎么回事？老是蔫蔫的，没有精神，好像很不开心的样子。”

乐优昙心虚地低头扒拉几口饭：“没什么，一个月总有那么几天情绪低落，正常现象。”

黎米笙没再继续追问什么，倒是另一边的黎米樾，咽下嘴里的东西后跟大哥商量："小芸大概是舍不得你离开。反正这次出差也不是特别着急，我看，哥你不如推迟一下时间，在家里多陪陪小妹。"

听黎米樾这么说，乐优昙眼睛顿时一亮，她很有心机地马上追问大哥："可以吗？大哥你能在家多待段时间吗？"

见妹妹眼巴巴看着自己的可怜眼神，黎米笙不假思索地点头，说："当然没问题，那我在家多待一个月，公务我可以跟那边视频交流。"

"那可真是太好了！"乐优昙这才真正开心起来，吃饭时也有精神了。

"正好下午没事，等下我们去外面看电影吧！"黎米樾再次提议，对乐优昙挤眉弄眼的，让她去搞定大哥。

黎米笙看电影不喜欢去电影院，每次都说影厅里空气不流通，还不如在家里的家庭影院看。

可黎米樾觉得家里没有看电影的氛围，也可能是为了看大哥受挫，老是喜欢撺掇大哥去电影院。

这次，乐优昙完美地充当黎米樾狗腿子的角色，立刻转头，眼神明亮地盯着黎米笙，直到黎米笙轻轻点了一下头。

今天是工作日，电影院里并没有多少来观影的观众。因此，美女站在中间，左右手各挽着一个帅哥的三人组合出现在电影院购票处时，异常引人注目。

乐优昙没有在意其他人打量的目光，她见大哥还是板着张脸，便用头蹭了蹭大哥的手臂：“大哥，开心点嘛，来都来了。这家电影院是新开的，说不定新风系统会好一点。”

黎米笙的表情还是没有变化，说：“我开不开心都是这副表情。”

“骗鬼。”

黎米笙眼睛里露出一丝笑意，打趣：“对，你是鬼。”

“哼，又捉弄我，亏我还记得给你带口罩。”乐优昙从兜里拿出一个一次性口罩，气呼呼地拍在他手心，“等下要是觉得里面味道难闻，你就戴上口罩，要还是不管用，我们就出来。”

“不用担心我。”

“谁让你平时也这么照顾我呢。”乐优昙简直是彩虹屁十级选手，“我这是向你学习嘛，大哥。”

黎米笙没有浪费乐优昙的心意，立即戴上口罩，不管是心理作用还是口罩确实有用，他对电影院的抵触情绪没有那么强烈了。

另一边，黎米樾发现了影院一角摆着的娃娃机，兴奋地说：“小妹，看，那边是你最喜欢的皮卡丘！”

乐优昙秒懂黎米樾的意思，立刻作势撸起袖子，说：“走！二哥，我们娃娃机兄妹杀手组合今天重出江湖，掏空这里的娃娃机！”她没有忘记黎米笙，邀请道，“大哥，一起去吗？”

黎米笙见她志气满满的样子，笑着摇头拒绝，说：“我去买点待会儿进去吃的东西，你跟你二哥先去玩。”

“好的，大哥再见。”

离开前，黎米笙好意提醒：“以你们的实力，最好一开始就多换点币。”

“大哥！”来自黎米樾和乐优昙不满的双重奏。

事实证明，黎米笙的提醒是对的。在他买饮料爆米花的些许时间内，黎米樾二人组已经快速祸祸完第一次兑换的100个币。

黎米樾越挫越勇，又去兑了游戏币，坚称一定要抓到妹妹喜欢的皮卡丘。他撸着袖子，站在娃娃机面前，神情专注地接着抓娃娃，后来连黎米笙也把可乐和爆米花放下，加入了抓娃娃的队伍。

乐优昙站在旁边，偷偷用手机拍下了这个画面。

只要她喜欢的东西，不管是什么，她的哥哥们都会想办法帮她拿到，即便是牺牲他们的商业精英形象。

想到这里，她的内心酸酸胀胀的。

她快速地眨了眨已经泛红的眼睛，瓮声瓮气地丢下一句“我去下卫生间”，就急匆匆地跑开了。

越跟哥哥们相处就越离不开他们，不知道之后面对妹妹二次消失的他们又会变成什么样子。可是那些都不是她能知道的事情了。她以后，再也不能见哥哥们了。乐优昙的眼泪怎么止也止不住，她努力想一些开心的事情，可现在想起的快乐都是与黎米笙和黎米樾有关的事情，五年的时间，足以让他们充斥着她生活的点滴。

乐优昙站在洗手池前，捧了一把冷水洗脸，眼圈鼻头红红的，好不可怜。

进来清洁厕所的阿姨多次来回经过她身边，最后还是看不过眼，轻声喊道：“小姑娘。”

“嗯？”乐优昙疑惑地看向清洁阿姨。

“不是阿姨多管闲事，你这么哭也不是事，”阿姨谆谆教导，“看你长得漂漂亮亮的，一定有很多小男生喜欢吧？人都是有贪念的，你们小年轻现在也有一句话，叫什么‘成年人不做选择题，我都要’。你可别被这种玩笑话给骗了，喜欢一个人就要一心一

意的，哪有两个都要的道理。做人要讲良心的。你总不能把一颗心掰成两半，一人一半吧？”

乐优昙知道阿姨是误会了，但硬是插不进话。

阿姨越说越来劲：“人嘛，要干脆利索一点，喜欢谁，不喜欢谁，都别含含糊糊的，不然最后难为的是自己。听阿姨的，外面那两个小伙子长得都不错，你认真想一想，找准你真正喜欢的那个人，阿姨祝福你们。”

“阿姨……”

阿姨非常理解地拍拍乐优昙的手，说：“没关系，阿姨知道你只是走错了一小步。做错事情不可怕，知错改错还是好孩子。不用谢阿姨，阿姨只是一个热心人。”

保洁阿姨浑身充满“人生导师”的光芒，转身提着水桶又出去了，留下成功被阿姨击退哭意的乐优昙在风中凌乱。

4

选择工作日来看电影，其实是非常明智的。放映厅里最后只有他们三个观众，算是变相包场，没有其他人的干扰，完全可以沉浸到电影情节中去。

但是，今天似乎谁也没有认真看电影。

从电影院里出来，乐优昙抱着黎米樾好不容易从娃娃机里抓出来的皮卡丘毛绒玩偶，随意地找哥哥们讨论之前的电影情节。

“这个电影还蛮有意思的，编剧想法好新奇，男女主角跟男二其实是生活在一个重复时间段里面，不停地循环，然后三个人每次都做出不同选择，想要逃出这个怪圈，正常生活……”

还没等她说完，黎米樾很耿直地表示他有不同意见：“难道不是同一个事件，但是导演分别拍了男女主角跟男二他们三个人的视角？”

“是吗？”乐优昙一时之间不确定起来，她就是看了一个开头，脑子里乱七八糟的想法让她无暇关注电影，只时不时瞄一眼电影接着再发散思维。

其实黎米樾也是如此。

他对这个电影根本没兴趣，看一眼电影再低头玩一会儿手机，刚才说的也全是他的个人理解。

两个心虚的人面面相觑，然后一致扭头望向三人之中最靠谱的大哥。

黎米笙还没有摘下口罩，察觉到弟弟妹妹两道求助的目光后，拉了一下口罩，理直气壮地说：“我电影院恐惧症还没好，没有认真看电影。”

不愧是大哥，理由很有说服力。

黎米樾接受这个解释，转而扯了扯乐优昙的马尾辫，调笑地质问她："你不是喜欢看电影吗？这次还特地挑的你喜欢的爱情文艺片，怎么没认真看？"

"怎么没认真看？就是我说的那样子，是你没看电影胡诌情节把我也带偏了。"乐优昙强词夺理。

黎米樾又扯了一下她的辫子，说："还不老实？信不信我现在就上网搜出电影介绍给你。"

"大哥！二哥欺负我！"

乐优昙马上靠近黎米笙，想找他来压制黎米樾。

按照以往，她肯定是要挽住黎米笙的手臂，似乎这样子才能让黎米樾深刻认识到她是有大哥这个靠山的。但今天，耳边蓦地响起电影院那位清洁阿姨的话，她便下意识地和大哥保持距离，只是略微更靠近黎米笙一些，用三个人的站位来表示她跟大哥是一伙的。

只是，这次黎米笙并没有帮她压制黎米樾。

这些天，黎米笙也感觉到了妹妹的不对劲。他顺着黎米樾的话问她："你这几天看起来心情不是很好，有什么烦心的事情可以跟我们说一说。"

她从小习惯依靠自己，这几年虽然被两个哥哥宠着护着，但内心依旧独立坚韧，更何况困扰她的这些秘密全都不能对他们诉说。可是，被最亲近的人注意到不开心，然后被这么温柔地关心，乐优昙感动得鼻子开始泛酸。

乐优昙吸了吸鼻子，装作一副很无奈的样子，捧着自己已经藏不住情绪的忧郁小脸蛋，干脆半真半假地说："我的脑袋瓜里装了太多我这个年纪不应该有的事情。"

她掩饰得很好，年纪轻轻就一副烦恼大过天的模样成功逗笑黎米樾。

笑过之后，黎米樾更来劲了："哟，什么事情？说给我跟大哥听一听。"

"你们都不懂。"

"你说嘛，我想懂一懂。"

乐优昙神色复杂，她倒是想说。

她马上就要走了，但她舍不得他们。她希望他们可以早点知道真相，不要把对黎米芸的心意错付在她这个假妹妹身上，可又害怕他们无法承受再一次失去妹妹的痛苦。

每每这个时候，乐优昙就会后悔当初自己一时冲动，假扮黎米芸让哥哥们开心。

回过神，对上黎米笙的注视，乐优昙心虚地撇过头，又发现黎米樾也一脸担心地盯着她。她意识到自己又走神了，并且两个哥哥正在担心她。

于是，她轻咳几声，说道："看电影前我去卫生间洗手，然后被保洁阿姨教育了一顿。"

黎米樾一听就炸，说："她干吗说你？"

"也没什么。"乐优昙赶紧解释，"那位阿姨也是热心肠，她教育我要一心一意，不要吃着碗里想着锅里的。"

乐优昙越说越觉得好笑，本来就是一个乌龙，但因为要搪塞她的异样，所以才拿出来做借口。

黎米樾一时无语，转而又很得意，说："看来阿姨的眼光还是挺好。像我这种仪表堂堂、沉稳帅气的人确实是优质男友的范本。"他挑眉问乐优昙，"小妹，你大声说出来，以后要是选男朋友，我跟大哥，你喜欢谁？"

乐优昙朝他翻了一个大大的白眼，说："我为什么要从你们两个人里面选择？"

黎米樾说："谁还能比得过我们！"

"黎米樾！你膨胀得无法无天了！"

"黎米芸！你居然直接叫我名字，胆子越来越大了！"

两个人又同时寻求黎米笙的站队，竟异口同声地说——

"大哥，你看他！"

"大哥，你看她！"

黎米笙被吵得头疼，他深深地看了一眼鼓着腮很不乐意的乐优昙，转而瞥向黎米樾，说：“你别老是欺负小芸。”

黎米樾满脑袋问号，说：“大哥？我是你亲弟弟啊！”

乐优昙说：“你这话就有点没道理了，我难道就不是大哥的亲妹妹吗？”

黎米笙附和：“是啊，你还是小芸亲哥哥。”

黎米樾一愣，说：“对啊，我是啊。”

“所以你欺负她，我欺负你，没毛病。”黎米笙很坦然地划出一个等式。

黎米樾指责地看向小人得志的妹妹和助纣为虐的哥哥，生无可恋道：“我再一次意识到我在家里的地位连金豆豆都不如了。”

乐优昙笑得很得意，在黎米樾这个黎家相声小品担当的插科打诨中，她深以为已经糊弄住了两个哥哥，抱着皮卡丘玩偶开心地回到黎家。

用“要跟大哥一起跟公司里的人开个视频会议”的这个理由打发走乐优昙，转而和黎米笙一起进入书房的黎米樾，在关上书房门的下一秒钟，就担忧地跟黎米笙说：“大哥，我觉得小芸她不对劲，她是不是有事瞒着不告诉我们？”

他能察觉到的事情，黎米笙自然也感觉到了。

黎米笙说："但我们问她，她也不说。"他有些烦恼地揉了揉眉心。

因为关心弟弟妹妹，他私底下看过很多有关青少年心理的书，也咨询过一些从事心理研究方面的朋友，但丰富的理论知识并不能告诉他妹妹最近这段时间异常的表现到底是为什么。

黎米樾摸着下巴说："是不是跟朋友吵架了？"

黎米笙翻了个白眼，说："你看小芸是会跟朋友吵架的人吗？"

"青春期嘛，荷尔蒙飙升，一下子情绪上头，跟朋友发生口角，然后拉不下面子道歉。"黎米樾越说越觉得自己有谱。

"我差点以为你说的是你自己。"黎米笙泼冷水道。

"那你说为什么，青春期的小朋友……"黎米樾还没说完，就顿住了，他一脸震惊地看向黎米笙，"哥，青春期……该不会，小芸谈恋爱了吧？"

"朋友不至于让她每天唉声叹气、魂不守舍的，但是男朋友可以啊！小小年纪尝到恋爱的苦，茶饭不思，被喜欢的人牵动情绪，说不定是失恋了……"黎米樾脑补出了一篇小作文后，马上转变态度，"不行！我要找出她到底喜欢上哪个小崽子，到时候我找他聊人生！"

黎米笙无语地旁观自家弟弟演绎一个人的独角戏，还逻辑清晰，故事情节完整。他虽然不觉得妹妹是失恋后的表现，但看黎米樾信誓旦旦要调查清楚的模样，便也没有打消弟弟的积极性，反而顺势鼓励：“那就靠你了。”

“没问题，哥！敢骗我妹妹恋爱还让她失恋，这种男人我必须得教他做人。”

黎米笙突然想到黎米樾之前谈过很多次恋爱，总觉得他是在骂他自己。

黎米樾不是随便说说的。

他行动力特别强，表面上还是和往常一样，疏阔爽朗、大大咧咧地跟乐优昙开开玩笑斗斗嘴，但每次都会留心观察她的神色，试着分析她当下的内心想法，然后去跟黎米笙分享，试图找出小妹的秘密。

这天，黎米樾朋友的姐姐从国外秀场上带了几条手链回来，黎米樾拿了其中一条回来要送给妹妹。这个时候，妹妹一般都是在房间里写作业，于是他径直走到她的房门口，可敲了半天门也没人来开。

黎米樾不客气地开门直闯而入，房间里却没有人。

“作业还摊在这里呢，”黎米樾走到乐优昙的书桌前，拿起

课本大致翻了下，“还挺认真，笔记挺详细。”

他把书放回，从口袋里掏出那条手链，上面镶嵌的宝石在室内灯光的照耀下流光溢彩。他将它摆在翻开的书页上，白色的灯光穿过宝石折射在白净的纸张上，投影出几点浓墨重彩的光影，煞是好看，难怪这个牌子的首饰被精致女孩们争相购买。他摆来摆去想构建一幅最好看的画面，让妹妹回来就能收获这份小惊喜。

可是，就这么一个不注意，手链上的暗扣戳进他大拇指的指甲缝中，还戳出血珠来。

黎米樾并不在意，一点小疼不值一提，他继续摆放手链。好不容易弄完之后，他发现大拇指的指甲缝中已经有了一条顺着横截面的血线。他甩了甩手，想把指甲剪进去一点，处理干净这道血线。因为知道小妹桌子的抽屉里放着指甲剪，他干脆坐下来，弯腰拉开书桌最下面一个抽屉，在里面的收纳盒中翻找。

黎米樾找到了指甲剪，同时也翻出了一个抽屉深处被压在收纳盒下面的本子。

“这……”黎米樾嘀咕，“是日记本吧？”他顿时陷入天人交战中，“这是小芸的隐私，我不能看。但是说不定她最近闷闷不乐的原因就在这里面……还是不行，这种行为好猥琐……可是我好想看！要不我偷偷摸摸看一下，看完就装作不知道……大哥一定也想知道，我得帮大哥调查小妹的心理健康。”

找到了一个冠冕堂皇的理由，黎米樾翻开了本子。

后来，黎米樾一直都在问自己，到底后不后悔打开看了这个本子。他想了很多年，却都无法说出答案。

他永远都记得那时候的惊怒交加，甚至是唯一一次涌出来想和这个世界同归于尽的毁灭欲望。

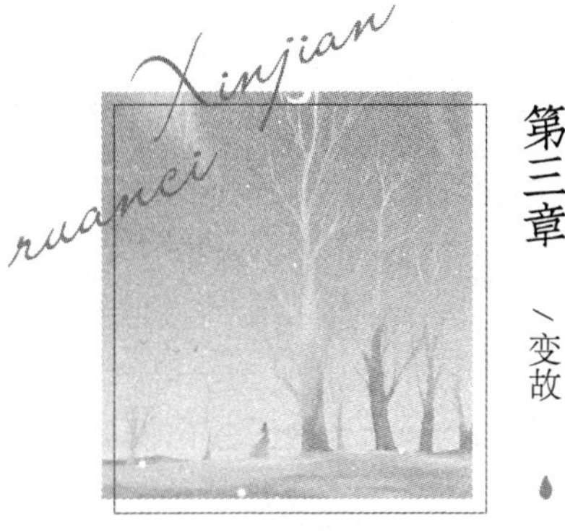

第三章 / 变故

1

黎米笙没想到，十六岁那年的痛苦在二十几岁的时候还要再体会一次。

他握住日记本的手竟然发抖得厉害，呼吸加重，视线落在那句“冒充你的身份”上。他往常深沉如一汪平静海洋的双眸此刻像一座即将爆发的火山，心里却像是不断灌进从高山冰原上吹来的空旷冷风，血液失去温度在血管里凝结成冰。

“乐优昙。”日记里出现过她的真名，他便反复咀嚼着这个名字，带着食骨啖肉的恨意。

他不断回想五年前她第一次以“黎米芸”的身份出现在他眼

前的画面。熟悉的面孔，却给他陌生的疏离感。他以为那是因为几年未见，加之妹妹怨恨他们没有第一时间找到她导致的，所以亲人重逢的喜悦轻而易举地冲淡了这点违和，所以他放任自己去相信了这个冒充的人，没有多加调查。

这很可笑，甚至连现在，他的恨还包括她为什么不能藏得更深一点不被他们发现。

“怎么会这样？”黎米樾双眼通红，自言自语，不敢相信眼前的事实。

世界为什么变得这么快？

前一秒他们三个还兄妹情深，转眼间就要接受妹妹是假妹妹的事情？

以前三人相处的画面都是弄虚作假，一腔真心成全了别人的作戏。

越想越无法理解，越想越生气。

黎米樾难得没有爹毛，但这种压抑的怒火却让他看上去更加危险。他捏紧拳头，语气平静道：“哥，我要报复。我不能让她在欺骗我们这么久之后若无其事地离开。”

她只不过是演了一场富家千金的戏，就能得到她想要的东西，从此生活坦荡顺遂，回去能跟父亲团聚。而他们呢，好不容易从失去亲人的深渊里面艰难爬出，见到光明后便被踹进更深的

黑暗之中。

凭什么？

黎米笙不置可否，视线直直地落在乐优昙在黎米芸十八岁生日那晚写的日记上。

恰好这时，书房的门被人从外面敲响，紧接着，轻柔的声音响起："大哥，二哥，我进来喽。"

不等有任何回应，乐优昙端着一盘切好的水果走了进来。

"我来给你们送水果……多吃水果好，补充维生素……"也不知道她两个哥哥为什么都不爱吃水果。

她说着，发现黎米笙和黎米樾的脸色很难看。她脸上的笑意也逐渐收回，担忧地问："怎么了？你们的脸色好难看。"

半晌，她并没有得到任何回答，黎米笙和黎米樾盯着她的眼神让她感觉很不对劲。

"哥？你们不舒服吗？"

她一头雾水之间，听到黎米笙宛如天雷一般的声音："乐优昙。"

果盘"当啷"一声落地，她僵硬在原地，脑子空白——他们知道真相了？

此时，她不知道该用什么表情来面对已经知道真相的两个哥哥。

黎米笙带着漠视和拒人千里之外的冰冷，继续说：“我想听你亲口说，为什么要冒充我的妹妹。”

耳膜仿佛被堵住，她听不真切。黎米笙漠然的声音夹着万年不化的冰锥朝她扑面而来，她被浇了一个透心凉，四肢百骸像被施了定身咒一般。她没有勇气直视对方，垂眸看向地板，过了好半晌，才颤抖着声音说：“因为我想体会有哥哥疼爱着的幸福……”

其实并不全是这个原因，因为已经失去妈妈又差点失去爸爸的她体会到了失去至亲的痛苦，更因为黎米芸是她的朋友，她不想让黎米芸爱着的哥哥们再黯然神伤，而他们恰好把她错认成了黎米芸，她便顺水推舟地应了。可她不敢再多说什么，怕会火上浇油。

黎米樾气极了，嗤笑一声:“你想有哥哥疼爱,就来欺骗我们,让我们所有人来陪你过家家吗？”

明明她就是造成这场痛苦的施害者，可听到黎米樾的话，她心里仿佛被捅得千疮百孔。

乐优昙摇头，说：“不是这样的……”她找不到理由来解释，“对不起……”

黎米樾误认她是妹妹，那欣喜若狂的样子让她有些心酸。

曾经米芸芸在她面前说过很多哥哥们对她的好，而当她亲眼看到失去米芸芸的哥哥们是什么样子后，她就不忍心再去戳破他们的梦。

所以她主动去跟黎老爷子提出要假冒黎米芸，不只是为了报答黎爷爷对他们家的关照，也是为了能够让黎家两位哥哥的快乐能够多持续一会儿。

可是对黎家兄弟来说，她不管是出于什么理由，都不能改变欺骗他们的事实。

她没有资格解释，也不敢擦泪，更不敢让对面的人看到她的泪水，微微低下头承认道：“是我的错，是我自以为是，选择欺骗你们。对不起……”

眼泪夺眶而出。明明已经设想过无数次谎言被拆穿之后，他们的反应，她自认为这么多年她已经做好足够的心理准备来面对被拆穿后的场面，但是，真到了这个时刻，她还是无力承受。

对黎米笙和黎米樾造成的伤害，压得她无法呼吸。

黎米笙紧盯着乐优昙，撇开对方是妹妹的滤镜，似乎像是揭开一直蒙在他眼前的一层薄纱，他的眼神尖锐得能把她剖析得一干二净。

他清楚，小芸，不，应该是乐优昙，她本身对他们没有恶意，甚至多年的相处让她已经代入了小芸的角色，从而对他们产生感情。但她在黎家的存在，本身就是对他们最大的伤害。

当年他们都已经接受妹妹离开的事实了，而偏偏她来了，打扰了已故妹妹的安息，甚至以妹妹的名义满足自己的私心。

想到这里，黎米笙的拳头紧紧握着，冷冽道：“不用说对不起。”

乐优昙听他这么说，心底涌起一点点希望的同时，又害怕他说出下一句话。

果不其然，黎米笙接着说：“我们不缺这句对不起。现在才反省自己不觉得太晚了吗？还是你自以为摸清了我跟米樾的性格，以为说一句对不起就可以让我们原谅你？”

乐优昙摇头，说：“不是，我没这么想，我……我只是想说声对不起。”

黎米樾冷冷地说：“不接受，不原谅，既然做了这样的事情，你只要承担这件事情的后果就好。”

乐优昙抬起头，视野模糊，看不清说这句话的黎米樾是什么表情。

虽说黎米笙和黎米樾都很疼妹妹，但黎米樾这个哥哥更像是她的好朋友。她有八卦、有秘密都会第一时间找黎米樾分享，他有好玩的好吃的也会首先来找她。

而现在，黎米樾不想看她。

她讷讷道："二哥……"

"别叫我二哥！"这个称呼如同一根导火索，一下子点爆了努力压制脾气的黎米樾，"你有什么脸叫我二哥？该喊我二哥的人早就已经不在了！你不是最清楚的吗？"

他深吸口气，闭上眼，努力平复过于激动的情绪。

最后，他恨恨地说："现在就滚出黎家，别让我再看到你。"

黎米笙安慰性地拍拍弟弟的肩膀，对着乐优昙开口："乐小姐，既然你不是我们黎家的人，就请你马上离开，否则我们也不知道会做些什么。"

乐优昙对上他冰冷的双眼，立刻避开视线。她稳住声音，尽量不泄露其中的轻颤："好。不过，不管怎么样，还是想对你们说声对不起。"

转身离开书房的那一刹那，她脑海里闪过很多个画面，是这些年他们三人一起生活的温情瞬间。在假象之下，她享受了太多来自黎米笙和黎米樾的爱护。

当晚，乐优昙简单收拾一些换洗衣服，没有拿走任何属于黎米芸的东西。她拖着一个小行李箱，在帮佣们诧异的眼神中，黯然神伤地离开黎家大宅。站在别墅大门口，她最后朝书房位置深深望了一眼，这个世界上真心对她好的人不多，即便看不到任何人，她也想确认一下黎家兄弟们的位置，而后才埋头走进飘着细雨的漆黑夜幕中。

书房里，黎米笙说了声“谢谢”后，挂断别墅区门口保安的电话。

房间里陷入安静，黎米樾失去力气般开口：“走了？”

“嗯。”

电话是别墅区大门处的保安打来的，看到黎家小姐深夜拖着行李箱走着出门，以为小姑娘跟家里人吵架了，于是就来提醒黎家人一声。

黎米樾又气愤起来，说：“真当我们都是傻子吗？骗了我们这么多年！”他像突然开窍似的，“我说这件事不是老头子安排的吧？不然乐优昙怎么可能这么顺利地骗了我们这么久。”

黎米樾想起小时候，爷爷给予他们的各种考验，更加确定道：“为了给我们上一课，老头子真是费尽心思啊。”

黎米樾情绪又突然低落下来，自嘲般喃喃道：“你说她怎么就不能瞒得更好点呢？”他宁愿一直活在谎言里。

黎米笙忍不住说：“你可想太好了，她本来就打算等她爸爸回来就离开的。”

“行吧，”黎米樾不再纠结，眼睛里浮起一丝戾气，“不过

我难受，也不能让她好过。”

黎米笙觉得弟弟没抓住重点，说：“没有她，还有李优昙，陈优昙……老爷子有心给我们上一课，什么人找不出？”

这事情，他也同意弟弟的猜测，不觉得老爷子可以置身事外，如果没有他的默许，乐优昙不可能变成黎米芸。

“老爷子那边，我不是得听你的吗？”

黎米笙瞥了弟弟一眼：“出息。”

黎家所在的别墅区是舟曲市最早规划出来的高级别墅群，占地面积广，环境优美，因为里面住的人非富即贵，所以安保措施也连年升级，非常到位。不过这里地处郊区，离市中心很远，且仅有的一趟公交车每天很早就停运了。当然，这对于人均拥有几辆车的别墅群户主而言，根本构不成问题。

细雨绵绵，乐优昙走在少有人烟的大道上，道路两旁是影影绰绰的山林，在雨夜里堆叠出深浅不一的墨色，幻化成一些吓人的形状。在她还是黎米芸的时候，平时出入都是司机接送，并没有觉得这条路有多长，此时却觉得仿佛并没有尽头。

乐优昙深一脚浅一脚地走着，脑海里不由得浮现出五年前第一次来黎家大宅时的画面。

那时候她坐在车里，心里满是忐忑不安，脑子里充斥着“要表现得好一点，让爸爸可以安心地做手术”的想法，最后却是鼓足勇气撒了一个弥天大谎。

这个谎言很顺利地就骗到了很多人，她原本就与米芸芸有七八分相似，中间三年的空白期以及哥哥们脑补的“黎米芸死里逃生的经历”，让他们很自然地接受了她与米芸芸在细微处的不同。黎振海在接受了她的提议后，也帮了很多忙，比如给的黎米笙和黎米樾的资料非常具体，她当成重点背得滚瓜烂熟，在她自己都没发现的情况下，她已经对他们多出了几分了解。

五年时间，她从最开始的不自在，害怕谎言被戳破，到后来真切地体会到黎家三兄妹的感情，进而想要回报黎家两位哥哥对她的好，慢慢地交付真心。所以今晚被戳破谎言，她才会难过多于害怕。

她吸了吸鼻子，以后她要重新回归乐优昙的生活，和爸爸一起好好生活了。

身后投射来一束暖黄的灯光，有辆私家车缓慢而来。乐优昙没有多在意，她往道路一边靠了靠。然而，车开到她身边后放缓车速，副驾这边的车窗被降下，露出齐程的脸。

“小昙花，我送你吧。”

乐优昙下意识地探头看向车后座，那里空无一人。

她自哂一笑，问齐程："是黎爷爷的意思吗？"

齐程回答："董事长现在在国外休养。不过他之前交代过，你要离开的时候，让我送你离开。"

黎振海当初说等她爸爸回国，这件事情就到此为止，然后会安排人送她离开，其实也有保护她的意思。

"哦。"

乐优昙停下脚步，却不想说谢谢。

齐程下车帮她放好行李箱，打开车门。

乐优昙坐上后车座，抿着嘴，依旧保持沉默。

车子启动，齐程从后视镜里看向她，想了想还是提醒说："我现在送你去酒店，你先住几天。你爸爸暂时还不能回来，可能要再过几天。"

乐优昙点头应答："好，麻烦了，谢谢齐叔叔。"

与此同时，黎宅书房内。

黎米笙把书桌上摆放的三人合照全都拆下来，用打火机点燃烧掉。

黎米樾一进来，就看到书房里烟雾缭绕的样子，定睛一看才发现是大哥把他们的合照全给烧了。他双眸暗了几分，走到黎米笙面前说出打听到的消息："齐程开车出去了。之前的事情应该也是他一手操办的。”

“哦。”

黎米樾问：“等齐程回来再问清楚这件事？”

“我不想再听这件事了。”

已经知道结果，何必去问原因经过，再让自己沉浸在被欺骗的愤懑之中。

黎米樾明白哥哥的意思，然后用下巴遥遥示意那个日记本：“哥，上面说的，老爷子给她爸治病，会送她爸回来跟她团聚。是不是老爷子用这个做筹码跟她谈的交易？”

黎米笙看向黎米樾，问：“你想做什么？”

他知道黎米樾现在在气头上，老爷子在国外还没回来，黎米樾就想先在乐优昙身上找补回来。

“她的银行卡全是用黎米芸的身份办的，我不知道老爷子会不会给她钱，会的话又会打在哪张卡上，我们就先停掉那些卡。另外安排人去把她爸截走，不让他们父女团聚。我不能让她什么事都做，又什么好处都拿，”想到曾经看到“妹妹”还活着的欣喜，黎米樾攥了攥拳头，“总得让她知道有些人不能随便招惹。”

“随便你。”黎米笙答应得无所谓。

两个人没让自己的思绪停下片刻，此时他们内心的失落和愤怒驱使他们忙碌起来，这样子才不会去深究拥有过再失去到底会

有多难过。

2

齐程在市中心的一家五星级酒店里为乐优昙开了一间房，又告诉她乐景明回国的日期和航班号。安顿她好后，齐程说了一句“再见”，便潇洒地消失在夜色中。

他算是完成了黎振海交代的一件工作，如今任务完成了，以后江湖再也不见。

乐优昙关好门，把行李箱随手一推，瘫倒在酒店大床上，翻来覆去一夜未睡。

“我啊，真是个坏人。”伸手不见五指的黑夜，眼前不断回放书房里黎家两兄弟得知真相后的神情，她低喃着，一行泪洇湿枕头。

一连两天，她都缩在房间里没有出去，每日三餐都是由酒店员工送到门口。

第三天，天蒙蒙亮，乐优昙睁着眼睛，望着从窗帘缝隙中透进来的晨曦发呆。

她这几天昼夜颠倒，仿佛行尸走肉，整个人如同失去力气一般，做什么都提不起精神。她努力让自己想着爸爸马上回来这个让人开心的消息，但情绪始终不高。

过了不知道多久，放在床头柜上的手机振动起来。

她伸手拿过手机，看到几条信息：

“芸芸，你这几天怎么没来上学？”

“还有，你没跟班主任请假？”

“班主任问我你怎么没来，我说不知道。”

“你生病了吗？”

乐优昙原本准备回复消息过去，但马上又停下动作。

她现在是乐优昙，不能再以黎米芸的身份去和其他人联系了。而班主任肯定会打电话给黎家人，关心她的同学们应该能从老师口中得到她为什么不去学校的答案。

乐优昙将手机放到一边，强迫自己不去想有关黎家的事情，闭眼睡觉。

再次醒来，乐优昙拿过手机，一看都下午三点多了。

她注意到主页下面的日期显示，明天就是爸爸回国的日子。

即将重逢的喜悦终于让她开心了一点。

她将手机放在一边，起床来到酒店梳妆台的镜子前。这几天作息不规律，镜子中的她倦容满面，额前的刘海也有点挡眼睛，模样邋遢。

她进浴室快速地洗了把脸，拿上手机，多日来第一次踏出酒

店房间大门。

齐程找的酒店很高大上，五星级商务酒店，装修富丽堂皇，从价格到服务，甚至连酒店的地理位置都很优越。乐优昙走过酒店的绿化园林，看到对面是一条贵气逼人的街道——建筑是西式中世纪风格，两边开着各种奢侈品牌店。

她沿着马路走，停在一个公交车站前，看了一眼站牌，双手插兜，等待 18 路车。

距离酒店五站路的地方有一个大学新城，乐优昙决定去那里找家店剪头发，顺便吃个晚饭。

余舒心今天在学校里听到同班几个女生在闲聊，内容主题多变，范围很广。从“隔壁班的黎米芸怎么好几天没来学校了”到“大学新城附近的小吃街上东西可太好吃了，小吃街最南边的砂锅土豆粉是一绝”，切换速度之快让她防不胜防。

本来她只是想探听一下黎米芸没来学校的原因。余家跟黎家是商业上的竞争对手，她从幼儿园起就跟黎米芸是同学，只是两人从来没有在同一个班级里。黎米芸在成绩上总是压过她一头，余家父母闲聊起来也会将黎米芸拿来跟她比较。听多了之后，余舒心便暗暗将黎米芸当作死对头。

然而，女生们没有八卦出黎米芸缺课的原因，反而开始说起哪里的小食摊子比较好吃。余舒心越听越饿，一放学就让家里的司机把她送到大学城这边，然后一个人逛着。

小吃街上的摊贩们井然有序地将小推车停在固定位置上，食物的香味弥散四周，烟火缭绕。

余舒心家境优越，从小被家里的厨娘阿姨用“外面的东西不卫生”洗脑，当然还有她后来在网络上刷到地沟油之类的食品安全新闻佐证，这么多年她竟然从来没有品尝过街头小吃的美味。今天是第一次直面小食摊子，她充满了新奇的感觉。

不多久，她左手拿着一杯关东煮，右手拿着几串烤肉，眼睛还直勾勾地盯着路边其他的摊子，准备再找点好吃的。

正在她四处乱瞟之际，右边巷子里刚好走出来一个女生，好巧不巧地与她撞上，左手杯子里的汤汁被溅出，她连忙把杯子举得远离身体，衣服幸免于难，但鞋子还是被泼到了。酒红色绒布的鞋面能很清楚地看到一片渍迹。

余舒心不死心地甩了甩鞋子，看到那片油渍晕染得越来越大片，气得抬头厉声质问：“你怎么回事呀？横冲直撞的，走路都不看路吗……”看清来人的脸，她转而惊诧，“黎米芸？你怎么在这里？”

乐优昙显然也有些受惊，眼睛睁得大大的，下意识地说：“你不是也在这里吗？”

她现在最不想遇到的人中，余舒心就是其中之一。不知道为什么，余舒心对她总是抱有莫名的敌意，一遇上，话题七歪八拐最后总是要绕到她哥哥上面去。

闻言，余舒心有些尴尬。现在她两手都拿着东西，肉串上消失不见的几块肉可以证明她刚才还是边走边吃的状态。比起剪完短发妹妹头之后清爽干净的乐优昙，她的行为举止看上去多少有些不得体。

在从小到大的假想敌面前，余舒心输了。

她不留痕迹地把东西扔到附近小摊位旁的垃圾桶里，转移话题："听说你这几天逃课了？"

"你有点关心我。"

"同学们都在讨论，我就听到了，毕竟高三还随随便便缺课的人并不多见。"

乐优昙点点头，随便找了个理由："哦。家里有点事情，我请假了。"

"你哥哥呢？"余舒心左顾右盼，视线范围内都没有看到黎家两位大哥，不由得好奇地询问。

乐优昙哽了哽，还是镇定地回答："没来。"

说完，她就看到余舒心的表情放松下来，并且看起来还有一丝丝开心。她不想多说，赶紧道别："我还有事，先走了。"

“你哥哥也不来接你？”

“为什么一定要他们来接？”

余舒心愣了下，说：“因为你总是有哥哥接啊。”

她说的话散发着醋味。同样是有哥哥的人，她哥哥对她而言像是同住一个屋檐下的邻居，而黎米芸的哥哥们，一个个“妹控”附体。

同样都是哥哥，差别为什么这么大？

眼热别家兄妹感情的余舒心没有发现她这两句话又撕裂了乐优昙心里的伤口。

乐优昙稳住表情，道了声“再见”，就匆匆藏身在人流中。

余舒心则打了个电话，强烈要求哥哥余亚齐开车过来接她。

余亚齐原本不想理会妹妹的无理取闹，不过在看到她身处的位置是他回家正好路过的地方，也就答应了接她。

半个小时后，余舒心坐上车，埋怨了一句：“你让我等的时间也太久了吧。”

余亚齐本来靠在车座上闭目养神，最近他正跟黎家兄弟抢一个大项目，这是余家今年最看重的项目，甚至关系到明年整个公司的发展方向。但他打探到，项目方好像更属意黎家。虽然现在明面上是让大家递一份竞标企划书上去，但明眼人都知道谁的赢

面更大一些。

他这几天连着出差，回来一下飞机就跟项目组的核心成员开会，调整企划书内容，整个人忙得团团转，连吃饭的时间都是挤出来的。

听到妹妹的不满，他本能地皱眉，说："不是都让何叔接你的吗？为什么非要打电话给我？"他揉了揉眉心，"要是何叔不尽心，那你就换别的司机。"

"那怎么能一样？我想哥哥来接我一下啊。"余舒心委屈，"黎米笙和黎米樾经常去接黎米芸，同样是哥哥，你就一次都没接送过我。"

不想听见的名字猝不及防被提及，余亚齐烦躁地扯了领带，控制着情绪，没对妹妹发脾气。他发动车子，随口问道："好端端的怎么突然提起他们？"

黎家跟余家是舟曲市近些年来商业发展的领头羊。不过黎家是已经传承了好几代的老牌企业，而余家是余亚齐爸爸抓住改革开放的机遇才发展起来的。虽说两家目前看来是旗鼓相当，外人因为恭维也经常把两家放在同一位置上，但黎家就好比是大家口中的"别人家的孩子"，他们余家暗暗较着劲。所以不管是余亚齐还是余舒心，都有一个黎家假想敌的存在。

“因为碰到了黎米芸。”

说到黎米芸，余舒心突然有兴趣跟哥哥八卦：“黎米芸说家里有事，所以这几天她都请假没来上学。哥，你说黎家有什么事啊？”

“没听说。”余亚齐直视前方关心路况，没有太在意，“可能是她不想去学校上课，随口应付你的理由。”

“你好没劲啊！”她肆无忌惮地揣测，“反正我觉得她的状态很不对，有点蔫蔫的，而且还有点躲避我的意思。”

她不服气地瞥了眼自家哥哥：“以前她可不是这样子的。”

又是黎家大小姐，又是被家人捧在手心上长大的，黎米芸虽然爱笑，性格温和，但总骄傲得像只白天鹅。

黎米芸怎么样都无关紧要，余亚齐对小女孩家家并不感兴趣，只是机械性地应付妹妹。

被敷衍的余舒心在心里对比了两家哥哥的表现，给余亚齐毫不留情地打了个“×”后，把脸扭向窗外，拒绝继续跟余亚齐进行交流。

两人的谈话至此告一段落。

3

乐优昙回到酒店之后，早早地上床休息。她这个人很有仪式

感，既然明早就要见到爸爸，就希望能用最好的精神面貌去迎接多年未见的亲人。

第二天，乐优昙早早地起床，收拾了一番就坐车前往机场。

距离爸爸到达时间还早，站在接机口的乐优昙无聊地打量周围。站在她右边的是一位西装革履的二十多岁的年轻男人，手里举着一块牌子，应该是来接客户的。后面是一对母子，听他们交谈的内容应该是接家里来看儿孙的长辈。还有一些是来拉客的私家车司机，不停地询问从里面出来的行人要去哪里。

乐优昙盯着到达厅出神。

这几年里，为了防止露馅儿，她只能躲在房间里和爸爸通电话。说实在的，好多年都没有见面，临到再见，她居然生出一种近乡情怯的感情来。

时间一点一滴慢慢流淌，乐优昙考虑了很多问题，比如“爸爸回来要带自己去哪里生活”“自己卡里应该有黎老爷子给的生活费，再让爸爸去贷点款应该可以开一家店”……

不管这些想法有没有可实操性，至少可以用来打发眼下的等待时间。

可是，10 点 45 分，一大波人从到达厅内出来，但没有她的爸爸。

乐优昙发信息给爸爸，久久没有收到回复。

“可能下机耽误了。”她强打起精神，继续耐心等着。

直到这一航班的人走光，又过了半个多小时，还是没有见到爸爸。

乐优昙拨打电话，结果也没人接听。

她把齐程给自己留下的信息和显示屏上面列出的已到达航班信息作比对，确认自己没错。

蓦地，心里浮现一个不太好的预感，她面色越来越白，周身仿佛呼啸着凛冽的北风带着冰粒子吹过，如置冰窖。

她拿出手机拨打齐程的电话。

“喂，小昙花。”齐程的声音从电话那端传来。

“齐叔叔，请问下我爸爸是今天的航班吗？为什么我没有在机场接到他？”

“稍等，我去查一下。”齐程愣了一下，挂断了通话。

乐优昙紧握着手机。

没多久，手机振动。乐优昙立刻接通电话，只听对面的人说：“是这样的，乐小姐，不知道为什么，你父亲并没有登机回国。”

“为什么？”

“不好意思，我现在联系不到他。那边的人都说没看到他。”

“所以？你的意思是什么？”乐优昙不接受齐程的解释，“我爸爸没回国，还在国外，但是就这么失联了？他明知道我在国内

等着他，怎么会没上飞机呢？”她的声音不自觉提高，“我爸爸会不会出了什么事情？齐叔叔，你可以再帮我找找看吗？我现在有点担心，齐叔叔，求你帮帮我。”

之前的护照是用黎米芸的身份办理的，在新办的护照出来之前，她出不了国，只能寄希望于齐程能够派人去把她爸爸找回来。

乐优县回酒店枯坐了一下午，终于等到了齐程的电话。

对方支支吾吾，最后说："查到了，人是黎米樾派人带走的。"

“二……”一声“二哥”被咽下，她一天没有喝水，嗓子干涩嘶哑，缓了缓，轻声问，“他为什么带走我爸爸？”

齐程说：“黎米樾性格比较乖戾，行事风格无所顾忌。他不开心，也不会让别人开心。”

听着齐程的话，她感觉他是在说一个她不认识的人。

脑海里久远的记忆逐渐清晰，想起她去黎家之前背诵的资料——黎米樾喜怒不定，性格暴躁，为人乖张，极难捉摸。

在黎家的五年里，黎米樾在她面前都是一副开朗活泼的哥哥模样，对她说得上是千依百顺，以至于她忘了他的另一面。

“是因为我欺骗了他们，这是对我的报复吗？”

齐程沉默以对。

“黎爷爷怎么说？”

齐程说："董事长现在还在国外休养，他不在国内，也没办法左右黎米樾的决定……"

她挂断电话，转而拨打黎米樾的电话。

但是，她被黎米樾拉黑了。

看向窗外漆黑的夜色，她站起身，决定去黎家找人。

乐优昙叫了一辆出租车，来到别墅区外。

今晚正好是上次关心她拉着行李箱离家出走，给黎家人打电话的保安值班，他看到她，还打了声招呼："黎小姐，这么晚才回来啊？"说完，他看了一眼离开的出租车，心里纳闷怎么黎小姐今天是打车回来的。

乐优昙点头，庆幸黎家并没有把她假冒黎米芸身份的事公布于众，让她能够轻而易举地刷脸重新进入别墅区。

她走了一段距离，来到黎宅外面。

此时黎家宅院的雕花大门紧闭，院落里亮着几盏路灯，整个院子清幽宁静。乐优昙按响门铃，没多久，保姆梁婶的声音在门禁里响起："请问是哪位？"

"梁婶，不好意思，这么晚打扰了。"

乐优昙让自己的脸对着摄像头，礼貌地跟梁婶道歉。

保姆房内，梁婶一时之间非常蒙——大小姐为什么突然这么客气？

最近黎家的事情让他们这些常年在黎家工作的人很是看不懂。一向被两位少爷疼爱有加的大小姐几天前的晚上收拾行李离开，两位少爷居然没有阻拦。

梁婶私以为是小姐闹脾气，离家出走，暂时住在了外面，但奇怪的是，两位少爷这些天对小姐不闻不问。

现在，小姐回来了，但小姐居然用这么一副礼貌到疏离的口吻，好像是来拜访的客人一样。

梁婶没有多想，连忙说："小姐回来了啊，我马上来开门。"

还不等梁婶有所行动，房间里的内线电话响起。

一接通，梁婶就听见黎米樾吩咐道："梁婶，你去休息吧。"

梁婶以为黎米樾多日没见妹妹，要亲自开门迎接妹妹，便欣然应允。

黎米樾料到今天乐优昙肯定会回来找他。

他房间里的电脑上还显示着大门口的监控画面，他欣赏了一下乐优昙面露焦急忐忑的表情，嘴角微勾，喝了一口红酒，吞咽下喉间的一抹苦涩。

夜凉如洗，乐优昙在门口来回踱步，迟迟未见大门被打开，她明白了屋内人的意思。但事关爸爸，今天她必须要见到人。

她站定身子，目光落在雕花大门上，计算着翻门而入的可行性。等大致找到攀爬过程中的几处落脚点后，她果断地撸起袖子，踩在门上。

她左右手尽量往上伸长，分别紧握住栅栏，双手用力，向上拉动身体。

正当她紧贴着门努力向上攀登的时候，身后投射而来的一道车灯锁住了她。她动作瞬间定格，紧接着，大门缓缓被打开，连带着门上的她也跟着被迫移动。

汽车再次移动，开进黎家别墅，只是没有径直开往车库，在大门口停下来。接着，黎米笙从车上走下来。

乐优昙等门停止不动后，利落地跳下来，幸好还没有爬得太高。

她拍了拍蹭脏的手掌，一边对忐忑和无措的自己做心理建设，一边怯怯地偷看黎米笙。

黎米笙仗着腿长的优势，三两步走到离她一米之外的地方，看到她安全着地之后，狠狠揪着的心这才安定下来，然后后知后觉地愤怒起来，气自己这时候居然还在替她担心。他因为心情不好而嘴角紧抿，单手插兜，居高临下地问：“有什么事情值得乐

小姐深夜来翻我家的大门？擅闯私宅，我可以报警抓你。”

乐优昙竟然觉得，这种疏离和漠视的态度更适合黎米笙。以前在她面前沉稳可靠，偶尔会开玩笑的大哥，似乎原本就该是这样子的一个人。

乐优昙适应着这样陌生的黎米笙，冷下声音质问：“那请问，黎米樾无故带走我的爸爸，是不是也是违法行为？”

黎米笙拧眉，这才知道黎米樾带走了乐景明，但这个消息丝毫不让他意外。他依旧面不改色，站在弟弟这一边。

“你父亲向我们求职，而我们也接受了你父亲的应聘，外派他到国外工作。”黎米笙三言两语就将这件事情合理化。

“我爸爸原定今天回国的。”

“说不定临时改变了主意。”

“那至少，他要跟我联系吧？”

黎米笙像是听到了什么好笑的事情，眉峰轻挑，问：“那么，请问你是哪位？”

“我是他女儿。”

“有什么身份证明吗？”

乐优昙一时语塞。她那时候年纪尚小，哪知道有什么证件，而且来黎家也没有带着，如今那些证件不知道在哪里，也不知道能不能补办回来。

她气急败坏地说："你明知道我没有证明。"

这句抱怨让她故意与他保持距离的语气破防了，透露出了生活了五年的熟稔。

"抱歉，我不知道。"黎米笙下逐客令，"请回吧，我要休息了。"

乐优昙上前一步，张开手拦住他，说："那如果拿出我的身份证明，就可以跟我爸爸联系了吗？"

"这还得看你有没有你父亲的联系方式。"

她的脸微微仰起，一副愤怒的表情。

那么生动鲜明的表情，如果她是黎米芸该多好。黎米笙扭过头，不想再看。

乐优昙的心不停地往下沉。

她不敢相信黎米笙居然是这样奸诈的人。

不，也许是他原本就是这样的人，只是第一次在她面前毫无掩盖地袒露出来。

乐优昙再也忍不住，眼泪夺眶而出。

"黎米笙，是我欺骗了你们，是我做的错事，不要怪到我爸爸身上。"

她情绪涌动，声音克制不住，甚至还变了音调，尖厉地划破

这个安静的夜晚，让听见的人不自觉皱起眉头。

“我愿意偿还我的过错，请你们放过我爸爸。”

黎米笙理了理衣角，挣开她的手。

“难道你没觉得现在就是在针对你吗？”他的声音比这个清冷的夜晚更加寒冷。

乐优昙不可置信地仰起头，看着冷酷的黎米笙，以往那些兄妹甜蜜的情形一点点碎裂成渣，碾成粉末，随着她无声的泪水从记忆中消除。

她清晰地认知到，他们与自己是云与泥的差距。而现在，她是他们想除之而后快的眼中钉。

黎米笙用手指轻拭她的一滴泪，轻蔑地提醒：“你爸爸依旧会好好地在国外工作生活，只是这辈子你都不会再见到他了。时间久了，说不定他在国外会有新的家庭、新的儿女。这么想想，不是挺值得开心的吗？”

他不客气地将沾着泪的手指在她肩膀处来回擦了几下，等感觉擦干净了，才继续说：“需要流泪的地方还多得很，省着点吧。”

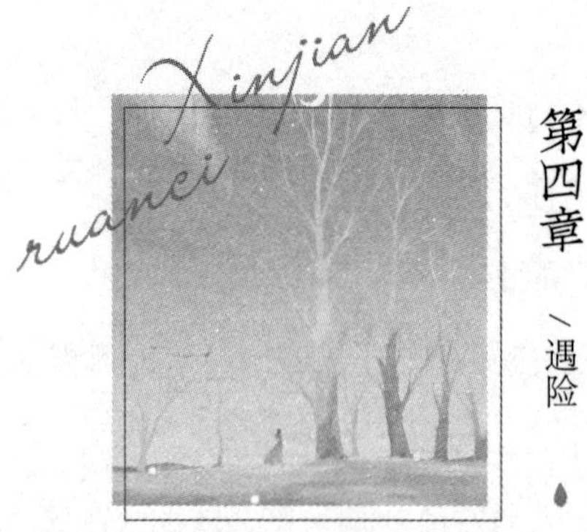

第四章

/遇险

1

多年后再回忆起来，乐优昙仍然觉得，十八岁的她做得不对。

十八岁的她不够成熟，无法与在波诡云谲中成长起来的黎米笙对抗。

她没有报警，因为当时的她认为黎米笙会处理好这件事情的细节，让所有流程看上去合乎情理。而且，她都不知道怎么证明自己的身份，怎么证明自己是乐景明的女儿。

乐优昙被打击，一时之间，没有对策。她浑浑噩噩，转身离开了黎家大宅。

黎米笙关上大门，将车开入车库，由地下车库乘坐电梯到一楼客厅。

长沙发上躺着在等他的黎米樾。

“特地在这里等我？”黎米笙问。他扯开领带，解掉衬衣最上面的两粒纽扣，将车钥匙扔在中间的玻璃小方桌上。路过竖立在墙脚的冰箱时，他从里面拿出一瓶黑啤。

黎米樾狗腿地赞美道：“哥，你把坏人的角色演得生动到位、淋漓尽致。”说着还真心实意地对哥哥竖起大拇指。

黎米笙坐进单人沙发里，打开啤酒灌了一大口，，闻声抽空斜了黎米樾一眼，说道：“你在说反话。怎么，觉得我太狠了？”

黎米樾瞬间坐起身，说：“不是啊。”

他在真心实意地夸奖！

随即，他扭捏道：“看她难过还挺爽的。我刚才都没去见她，把她晾在门口。要是我出面见她，还真的不好意思说狠话。虽然我很想，但是吧……”他想了想，剖析自己，“我这个人就适合背后使刀子。这事情明明是我做的，但我当面做不了一个真的坏人，所以需要你揽过去。”

黎米樾深知自己性格里的懦弱。

别人都是窝里横，黎米樾正好相反，典型的窝里软。

自父亲病逝之后，黎米笙一夜长大，努力扮演一个照顾妈妈，保护弟弟妹妹的大人。

他抵挡来自爷爷的压力，承担着爷爷的期待，给黎米樾留下一个相对自由宽松的成长空间。

尽管黎米樾也经历了亲人的离世，但依旧被黎米笙保护得留有一份天真，所以对待身边的人，他总是很心软。

对不认识的，黎米樾能无所顾忌地狠戳痛处；对身边的人，黎米樾总会留下三分余地。

虽然恼恨乐优昙假借妹妹的身份欺骗了他们，但相互陪伴了五年之久，那些点点滴滴不是假的。

黎振海和黎米笙都知道黎米樾的这个性格。黎振海很看不上黎米樾连发狠都不够彻底的善心，所以对他颇多微词，于是一早就决定家族继承人人选是黎米笙，优柔寡断的黎米樾作为继承人左右手。

黎米笙没有黎老爷子这么多弯弯绕绕，他觉得这样的弟弟不需要改变，黎米樾做不到的事情由他来兜底，黎米樾想干吗就干吗吧。

所以，明明乐景明这件事情不是他授意的，他顺着乐优昙的几句话猜到了事情始末，并将这件事揽到了自己身上。

黎米樾不太好意思地说："我原本是想再留乐景明在国外三

年，三年之后再放他回国找他女儿。”

“没关系，主动权在你手里。我只是夸张了一些而已。”黎米笙无所谓。

三年和一辈子，根本是不一样的概念啊。不过，这个不是重点。黎米樾张口就想问……问什么呢？他卡顿了，想要问出口的事情一时之间竟然想不起来。

黎米笙问：“你想说什么？”

黎米樾挠挠头，说：“突然忘记了。”

“那等你想起来再说。”

黎米樾顺着原先的思路往下捋，原本是好奇大哥现在的想法，但自觉自己不争气，本来还要求大哥跟自己同仇敌忾，结果现在自己心软了。还想问大哥现在对乐优昙是什么感情，又觉得摇摆不定的自己似乎没资格去过问大哥的事情。大哥足够理智，能处理好任何事情，不需要自己多去询问。

所以他到底想要说什么？

见黎米樾想破脑袋也想不出来的样子，黎米笙将没喝完的啤酒放在小方桌上，说道：“时间不早了，早点休息吧。”

黎米樾便放弃了。

两人各自回房休息。

他们都没有想到，大晚上一个女生独身在外会有多危险。

月朗星稀，树影斑驳。

乐优昙再一次独自走在这条阴森的路上，不过现在她顾不上害怕，满脑子充斥着黎米笙说的这辈子再也见不到乐景明的话，绝望的情绪占据着她整颗心。值得庆幸的是，这地方晚上是真的人迹罕至，除了偶尔来往的车辆，几乎没有人。

临近半夜，她才走到与大道交会的马路上，慢慢地，越往前走，夜宵摊子也多了起来，在深夜里，竟然也那么喧闹。

瞥见夜宵摊上三三两两坐着吃夜宵的人，乐优昙随便找了一个方向，继续往前走，自虐式地想要通过暴走来发泄心中的憋闷。

而她身后路边的一家夜宵摊子上，一帮混混吃完东西，互相使眼色，随后悄无声息地站起来，尾随在她身后。

不知道接下来何去何从的乐优昙，近期最大的心愿落空。希望中的美好生活没有如愿而至，让她一时之间也丧失了生活的目标。

可这么不停地走着走着，心如死灰的她又重燃起希望。

她可以先去桥西镇，看能不能补办乐优昙的证件，再办理护照，飞到她爸爸所在的国家找爸爸，也许运气好就碰上了呢。

近乎自欺欺人的想法短暂地安抚好心灵，乐优昙呼了一口气，停在马路转弯处设立的广角镜前。原本是想对着镜子给自己打气，谁承想，她从镜子中看到了走在自己身后形容猥琐的一行人。

她立时吓出一身冷汗，连忙打量四周，原来不知不觉中，她又来到一条没有人经过的路段。

乐优昙二话不说，加快步伐，希望赶紧能到一个人多的地方。同时，她拿出手机准备第一时间报警，就算是以貌取人误会了身后的人，也比真的遇上危险求助无门的好。

岂料，手机早就没电了，现在是关机状态。

身后跟随的脚步越来越近，乐优昙的心快要跳到嗓子眼。

她不禁小跑起来，越跑越快，身后的人也开始跑动。

这时候，乐优昙没有了侥幸心理，她敢肯定后面的一行人就是冲着她来的。

身后的混混们连连起哄："美女，别跑啊，这段路都没什么人的。"

"小姑娘，跟哥哥们认识一下呀。哥哥们都是大好人。"

"现在哥哥们陪你玩你跑我追，等下你陪哥哥们好好玩玩好不好？"

一时之间，污言秽语齐刷刷地往乐优昙身上砸。

乐优昙跑得更快了一点，边跑边喊："救命啊！有人吗？"

身后跑得快的混混已经追上来，时不时地伸手想要拽住她的衣服，阻挠她逃跑的脚步。

好在这群人之前都喝了不少酒，虽然跑得快，但是跑得东倒西歪，乐优昙几次都奋力避开了。

可好景不长，一天没有吃饭的乐优昙已经没有力气了，跑步的速度放缓下来。

身后的人似乎就在等这个机会，跑在最前面的人一把拉住乐优昙的衣角，调笑道："嘿嘿，抓到你了。"

乐优昙吓到面色苍白，尖声大叫："放开我！"同时，双手胡乱飞舞着，在对方的手臂上、脖颈处留下一道道血痕，企图最大可能地给对方造成伤害，"救命！救命啊！"

疼痛让对方一时之间松了手，乐优昙又赶紧往前跑了几步，呼救："有人吗？帮帮我！救命啊！"

受伤的混混低咒一声，醉意散了一些，他加快跑了几步，抓住她的头发又把人给拉回来，恶狠狠地连续扇了她几个耳光："还敢跑，我看你能跑到哪里去！"

这几个巴掌让乐优昙耳鸣了几秒钟。

这时，后面的混混们全都跟上来了，他们围住乐优昙，拽着

她就要把她拖进路边的绿色灌木丛里。

“救命！”乐优昙颤抖着声音，眼泪横飞，双手乱舞着，阻挡住要来拉扯自己衣服的手，嘴里不住地朝空旷的马路呼救。

见她一直在挣扎，混混中又有人打了她几个耳光，并用脚将她踹倒在地，威胁道：“你最好听话点，要不然我打得你叫不出声来。”

紧接着，有人用力拉扯她的衣服。

乐优昙不停地挣扎，她能感觉到有人用脚踹她的身体，有人掐着她的脖子，让她缺氧停止动弹。

她呼救的声音变得越来越微弱，最后无望地祈求正在对她施暴的人：“救命！放了我，求求你们。”

“做梦。美女，等下有你快活的时候，别着急哈。”

乐优昙绝望地闭上眼，缺氧的痛苦让她觉得死亡马上就要来临，这时脑海里快速闪过几个身影，从黎米笙、黎米樾，再到记忆中还没有出事的爸爸。她喃喃道：“爸爸，哥哥，救我。”

乐优昙呼唤的人并没有拯救她于这一危难时刻。

但天不绝乐优昙，有人恰好在这个时候路过，恰好注意到路边的不寻常，也恰好突发善心地下来出手阻挠。

2

余亚齐再次加班到深夜，连日来的熬夜工作让他现在脑子一片糨糊，眼皮无力地耷拉下来。他没有精力开车回家，但也不想留宿在公司，于是就叫了司机来接他回家。

可是，人累到极点，就不容易睡着。坐在车后座的他虽然不停地打着哈欠，大脑却非常活跃。

他呆滞地看向窗外，完全放空自己，屏蔽掉脑海里不断浮现的企划书条目。

“等等。”蓦地，他对前座的司机说了一声。

“少爷，怎么了？”

“那边是怎么回事？”他一边指过去，一边下了车。

紧接着，司机也跟着他一起走下来。

两人听到了混混们嘴里一些不干不净的脏话，马上明白过来是怎么回事。

余亚齐没多想，一边喊了一句“住手”，一边跑过去，踢开那些男人。

混混们没想到跑出来一个程咬金。

他们转头对付余亚齐和司机。

这个司机之所以能被余家选中，除了车技高超之外，还会一些拳脚功夫，在一些特殊情况下能保护雇主。而余亚齐平时健

身的项目有一项雷打不动的拳击，还请了专业的教练进行指导。不管怎么说，尽管混混们在人数上占优势，武力值却是余亚齐和司机更为厉害。

一阵拳脚下去，混混被轻而易举地放倒，明白敌我力量悬殊，混混们赶紧爬起来连滚带爬地逃走了。

余亚齐没有去追，现在天网系统那么厉害，这些混混逃到哪里都能被抓到。

他注意到倒在地上的女孩子没有动静，头侧向一边，短发凌乱地盖在脸上，隐约可见脸上的手掌印，看样子是被人掌掴过。脖颈处有一道血红的掐痕。套头的卫衣衣领被撕破，牛仔裤扣子被解开，还好尚未被脱下。

余亚齐脱下自己的西装外套，盖在女孩身上，然后空出手探她的鼻息。

还好，人还活着。

他拨开女孩的头发，一只手摆正她的脑袋，让她不至于吸入地上的灰尘，另一只手拿着手机正准备拨号报警……

但当他看清女孩子的面容时，不由得揉眼睛，怀疑自己是长时间缺乏充足睡眠出现了视觉障碍。

眼前的人分明是黎米笙的妹妹，黎米芸。

电光石火之间，他报警的动作顿住，一个疯狂又大胆的想法迅速在脑中发酵。

余亚齐抱起乐优昙坐上车，让司机掉转方向，开去自己在洋湖河畔的一栋别墅。

这个地方的前房主因为出国，将这栋别墅卖给了他，之前是他跟女友许攸住在里面，后来两人分手了，他就几乎没来过了，正好可以先把乐优昙安置在那边。

乐优昙一路都没有醒，躺在余亚齐的怀里，像一朵被人从树枝上折下来马上就要枯萎的白百合，又像一个脆弱的碎布娃娃。

前往洋湖河畔别墅的路上，余亚齐反复推敲自己的计划，不断完善有瑕疵的地方，务必要让这个计划天衣无缝。不出意外的话，接下去的每一步都会按他的设想进行。

余亚齐打开别墅大门，把乐优昙抱进房子里，轻轻放在沙发上，然后拿着一张椅子去了地下室的酒窖。

这个地下室的酒窖被前房主拆除了，他还没想好怎么布置，所以就一直空着。如今一看，这里因为拆过架子，墙壁有些斑驳，地上有当初捆东西遗留下来的麻绳，还有一些碎木头块、石块，乱七八糟的，不正是他需要的场景嘛。

他将椅子放在地下室正中间，又回去将仍在昏迷中的乐优昙抱过来，将她用麻绳捆在椅子上。

确认她尚未苏醒过来，余亚齐抓紧时间，决定去二楼找找以前许攸用过的自拍架。

也许是他今天想到许攸的次数有点多，这个人就这么不经念叨地出现在他眼前。

他刚转身，就发现地下室门口多出了一个人，正双手抱臂，一副兴致盎然的神色，站在台阶上看着自己。

余亚齐脸色一变，问："你怎么在这里？"

许攸气定神闲地说："我发现没地方去了，就又回来这里了。很感激你当时没有找我收回这里的钥匙。"

余亚齐不自觉地皱眉。他原本以为这里没人，所以把黎米芸藏在这里。可是许攸竟然还住在这里，而且现在还被她看到……

见余亚齐一副谨慎防备的样子，许攸心里顿时升腾起一股怒意，还夹带着一丝丝微弱的难过。她的视线落在他身后的女孩身上，嘴角保持着笑容，说："你是在做违法活动？"她歪头，状似天真地提醒，"可不要过头，小心出人命。"

说完，她一步一步地走下台阶，凑近余亚齐，观察到他已经快到下巴的黑眼圈，说："还有，作为一个医生，也作为你的前女友提醒你，爱惜自己的身体。"

女人呵气如兰，余亚齐却维持着一副生人勿近的模样，推开她，问：“你一直住在这里？”

许攸答非所问：“你这个样子被我看到了，不怕我说出去吗？”

“随便。”余亚齐相信许攸不会说出去。

虽然她这个人有时让人看不懂，但有一点，余亚齐很肯定，她很爱他，不会做任何对他有损害的事情。

余亚齐再次问：“你什么时候离开？”

“短时间内应该不会。”许攸做出一副为难的样子，“我辞掉了工作，卡上存款不多了，所以把之前租的房子给退掉了。”

余亚齐拿出手机，说：“那我给你转点钱，你再去找一个地方住。”

低头转账的余亚齐并没有看到许攸眼中一闪而过的怒意，她被余亚齐一次次往外推，难过和不满又多了一分。

她保持与刚才不变的语气，说：“就不能先收留我在这里住着吗？还是为了给她腾地方，你要赶走我？”

“我们交往了三年多，虽然已经分手了，可是应该还是有感情的吧。”她上前，轻轻抱住余亚齐，靠在他的肩头，“所以，你要怎么对待黎小姐？我帮你啊。”

“你认识黎米芸？”

“见过，陪舒心逛街的时候遇到过她。”

许攸曾是他真心想要共度一生的女朋友，所以他带她回家见家人，她也偶尔会陪舒心出去逛街。但后来他发觉许攸对他有种近乎苛刻的掌控欲，她会偷偷摸摸地看他消息，查他的手机云空间，甚至会针对出现在他周围的所有年轻女性。因为是心理医生，许攸还会经常探究他的一些个人隐私。跟她说话，有时候感觉自己在面对一台测谎仪，让他越来越喘不过气来。他怀疑许攸是心理有问题，医者不自医。

余亚齐承认许攸是真的爱他，但他不愿意跟这样偏执的女人生活在一起。

不过，现在他需要她的帮助。

余亚齐推开许攸，说：“你去帮我找找你之前用过的自拍架。”

许攸清楚，余亚齐是答应她留在这里了。她嘴角轻勾起一道浅浅的弧度，转身出去找东西。

没过多久，她就把自拍架放到余亚齐手中，试探性地问：“你跟黎小姐这是怎么回事？”

余亚齐略微抬了抬下巴，言简意赅：“路上救的，发现是认识的人。”

“但看起来，你现在并不是在做好事啊。”许攸努努嘴，“你要做什么？”

余亚齐指了指自己快掉到下巴的黑眼圈，说：“我现在累得不想说话，能不能别问这么多？”

“可是我很惊讶，猜不出你这是什么意思。”

“拍视频。”余亚齐理直气壮地说。

他把自拍架支起来，随后把手机放在自拍架上，点开拍照的APP，调整好角度，接着又去调整尚未恢复知觉的“模特”的头发和衣服，让她身上的伤痕能够完整清晰地被手机画面捕捉到。

确认每个细节都已处理好，他才又回到手机前，按下摄影的按钮。

次日下午，黎振海的私人邮箱收到一封匿名邮件。

邮件内是一则剪辑过的视频。

视频最开始，是黑底白字的画面，上面写着：“黎家大小姐在我手里，要想她活命，按照我的意思行动。否则，我只能遗憾地通知黎董事长，再一次白发人送黑发人。”

紧接着，画面黑屏，再亮起时，出现在镜头里的是一个杂乱的房间，中间放着一把椅子，有一个衣服凌乱、浑身是伤的女孩被绑在椅子上，她闭着眼睛，显然是昏迷的状态。

镜头缓缓拉近，放大了女孩的面容，画面之清晰足够让观看视频的人轻松辨认出视频中的女孩。

到此，视频戛然而止。

“鉴于我看出来你已经长时间熬夜，怕你脑供血不足，一时之间做错决定，所以我来提醒一下，你现在做的事情已经在犯法的边缘了。”

时间倒退回凌晨。许攸双臂抱胸，不解地将视线投向看上去非常疲倦、精神却异常亢奋的余亚齐身上，问：“你听见我在说什么了吗？”

余亚齐白了她一眼，说：“我就是打个‘误会差’。黎米芸是不是我救回来的？她身上的伤是不是与我无关？我是不是还能算得上是她救命恩人？”看许攸越来越疑惑的表情，余亚齐话锋一转，“等她醒了你能不能邀请她在这里做客？她答应在这里暂时住下，是不是就不算绑架？”

“那你的视频？”

余亚齐耸肩，说：“视频的内容，谁信谁是傻子。”他笑得有些恶劣，“只不过凭我之前听说的黎家人对黎米芸的重视程度，我相信他们这次会愿意做一次傻子。”

他们这样的人家，对家里的女孩子一般都是娇养，黎家更甚。

听说她小时候出过事故，大家都以为她遇难死掉，没想到是被人救了，过了几年才被找回来。就是因为这个原因，听说黎家，特别是黎米笙和黎米樾很是溺爱这个妹妹。那么，她被绑架了的话，岂不是像一颗原子弹爆炸在黎家？他很期待他们的反应。

余亚齐把预想的计划详细告诉了许攸，既然已经被她发现，他只能改变思路，让她来帮忙。

因为职业关系，许攸平时很注意周围人的情绪反应，与她相处会觉得很舒服。余亚齐相信她能安抚好黎米芸，让黎米芸留在别墅里做客。

“黎米芸应该是见过我的，我就不在这里待着了。待会儿她醒了你帮忙安抚下她的情绪，”余亚齐和盘托出后准备离开，“这段时间我们电话联系吧，我就不来这边了。”

“行吧。”许攸双手插兜，无所谓道，“反正最近你也忙得不见人影。”

她送余亚齐出门，站在门口看他消失在浓重的夜色中，才转身进了屋。

乐优昙很快就醒了，全身除了多处软组织挫伤，以及脖子上一道勒痕之外，没有其他严重的外伤。

许攸解释清楚救下乐优昙的过程，乐优昙因为后怕而止不住

地颤抖着，拉着许攸的手不停地说着感谢的话：“许姐姐，谢谢你救了我，要不然，我都不知道怎么办才好。”

“没事没事，人安全就好。”许攸坐在她床边，“你一个小女孩，怎么大半夜出来？你家人不担心吗？”

“家人”两个字让乐优昙垂下头，眼皮耷拉。

许攸看出乐优昙的抗拒，看了一眼手表，说：“都快凌晨三点了，今天好在有惊无险，你先休息，有什么事情我们白天再说。”

“好，许姐姐，还是得谢谢你。”乐优昙点头答应，再次答谢。

许攸站在门口，一只手覆盖在开关上。她嘴角勾起，笑容古怪，说：“不客气。”

装修典雅、古朴的房间内燃着熏香，红木床头柜上的怀旧风音响里流淌出旷远、悠扬的古琴声，房间内氛围静谧，黎振海闭目趴在床上，请来的家庭按摩技师正在给他放松背部。

门外有人匆匆地跑进来，脚步声虽然刻意放得轻缓，但还是破坏了屋内的宁静。

齐程看了眼技师，没有立刻说明情况，而是唤了黎振海一声。

“董事长。”

按摩技师很懂眼色，轻声跟黎振海说：“黎老先生，按摩结束，我就先走了。”

黎振海点头。

齐程等旁人离开，这才开口：“乐小姐被绑架了。”

这个消息并没有震惊到黎振海，他仍旧闭着眼，不急不慢道：“往下说。”

“刚才我登录您的邮箱查收今天的邮件，看到有一个匿名邮箱地址发来的视频，点开发现乐小姐被绑在椅子上。绑匪目前还没有说具体要求，只是强调要听他的安排，否则乐小姐就有生命危险。”

齐程汇报完，才小心附上自己的看法：“大概是绑匪还不知道乐小姐跟黎家没有关系，想着通过乐小姐来要挟，索要好处。”

“嗯。”黎振海应了一声。

齐声迟疑地问：“那我们需要怎么做？报警吗？”

“你都说了她跟我们黎家没关系，还报什么警？”

黎振海休息够了，慢吞吞地起来，齐程上前去搀扶了他一把。

“不用瞒着什么消息了，把乐优昙不是黎米芸的消息散出去，绑匪要对付我们黎家，自然不会揪着她不放。”黎振海叮嘱，“这件事情先就这么放着吧，看后面对方怎么做。米笙和米樾……米笙在公司里表现得怎么样？”

“我给米笙少爷发的会议视频他都看了，他学习得很认真，进度很快。”

“那就不要让他们知道了。好不容易才跟乐优昙断了联系，就不要再去烦扰他们，免得再生出什么其他不必要的麻烦。”

齐程点头：“好的，董事长。”

就这样，事情并没有按照余亚齐想象中那样发展。

视频发出去三天了，黎家始终没有动静，余亚齐甚至都要怀疑发送的邮箱地址是不是错了。

3

“我说，你就不能安静点吗？”黎米笙烦躁地从沙发上由半躺的姿势改成坐起来，皱着眉看向黎米樾。

“打游戏能怎么安静？”

“比如戴个耳机。”

黎米樾不采纳这个意见，说：“我喜欢玩游戏的时候放外音，有氛围。”

“一局游戏不到五分钟就‘死’掉，开局提醒我已经听了不下二十次了，你是真的很有氛围。”黎米笙不想在这里跟黎米樾继续闲扯，站起身，“我回房间了，你接着‘死’吧。”

黎米樾火速奔赴了他游戏人物的第二十七次“死亡”，将游戏手柄摔在一边，对才迈开第一步的黎米笙强调：“哥，你这几天脾气有点暴躁。”

“同一段声音在你耳边响二十多次，你应该也会暴躁。”

黎米樾抓了抓头发，说：“我也不知道为什么，就是过不去这一关。”

他很丧气。

客厅一瞬间安静下来，这个环境让黎米笙满意了。他坐下来，问：“你没发现你这几天有点心不在焉吗？”

“有吗？”黎米樾不承认。

黎米笙不作声，用眼神告诉黎米樾，答案是肯定的。

黎米樾扯开嘴角，心虚地笑了一下：说“哥，你有没有看过那个日记本的其他页？”

他没头没脑突然说到日记本，可黎米笙一刹那就明白他指的是乐优昙的日记。

黎米笙平淡地说：“没必要去看了。”

更何况，他已经知道了结果，也没必要去查看别人的隐私。

黎米樾知道哥哥的性情，解释说：“日记本当时被我扔在书房了，阿姨在打扫的时候，捡起来，结果日记本散架了，掉落的纸张就那么放在桌子上，我就打眼那么一看……”顿了顿，他“啧”了一声，“就发现她也挺惨的。”

黎米笙慢慢放下手里的平板电脑，黎米樾接着道：“她妈妈

在她小时候就过世了，她一直跟乐景明相依为命。后来乐景明在工地上出事故，瘫痪在床，她就开始照顾乐景明。我看上面说，乐景明觉得拖累她，自杀过，被她发现给救回来了。因为他之前帮过老爷子，所以老爷子愿意送他出国治疗，让她暂时住在家里。但是没想到她跟小芸长得那么像，在我们认错之后，她才顺水推舟决定假冒小芸。而且，她和小芸以前是好朋友，不过……”

他哥真的神，随口胡诌就说中了，乐景明真的在国外又有了新家庭。

乐景明在黎氏合作的项目里工作，所以他们派的人很容易地找到了他。许是身体恢复了健康，生活都走上正轨，所以他的精神面貌比照片上的好很多。来人介绍自己是黎氏的代表，乐景明还以为黎家关心他的近况，热情详细地介绍了他的所有事情。包括因为护工这几年的妥善照顾他跟对方相爱了，并且她还怀了孩子。他学习能力强，在这个项目里被领导赏识，赚的工资是国内的好几倍，打算回国跟乐优昙团聚后就带着全家人一起申请常驻海外。他视黎家是再生父母，看到他们带去的乐优昙的照片，很放心她在黎家的生活。

而后，赏识他的领导在黎米樾的吩咐下，以有个外派项目急需乐景明去处理的借口，让他放弃了近期回国的想法，带着他的新妻子和他还未出生的孩子，接受派遣了。

“所以？”黎米笙抬头直视变得支支吾吾的黎米樾，“你想表达什么？”

黎米樾第一次意识到自己词汇量的贫乏，让他无法形容自己目前对乐优昙的复杂心情。

他苦恼地抓抓头发，动作太过愤慨，让黎米笙情不自禁想提醒弟弟：“别抓头发了，容易秃头。”

“我们家没秃头基因，”黎米樾倔强地维护他们黎家的优良基因，手却很诚实地放开了，“我想说，其实她挺惨的。她爸爸对她的在意没那么多了，很轻松地相信她在我们家过得很好。可是再怎么好也比不上在他身边。”

察觉到黎米笙神色难辨，他赶紧表明立场：“虽然她很可恨。”

察觉到黎米笙神色难辨，他赶紧表明立场：“虽然她很可恨。”但好像可以抵消一点点了。

黎米樾生气的劲头过去了，许多针对乐优昙的情绪逐渐消失，在看她的日记的时候就更能体谅她的诸多不得已。

这些本来没必要再说，事情已经发生，乐优昙离开了，他也做完了报复她的举动。原本以为从此再也没有碰见的机会，以后就回到各自的生活轨迹。没想到，正是因为让人带走乐景明，黎米樾如今每天都能被提醒有关乐景明的事情，从而想到乐优昙。

“我不是让人安排乐景明和他新老婆待在国外工作嘛，”黎米樾解释说，“安排工作的那人对我巴结得很，现在每天都借着乐景明的事情发消息给我。”

说到这里，黎米樾很疑惑，说：“哥，你说乐优昙怎么没来找我们？她知道这件事情是我们做的，那她不应该多来找我们几次吗？”

黎米笙说：“也许她认为爷爷那边可以帮忙，就去找爷爷了。”

“不一定，看日记里，她对爷爷帮助她家很是感激，不想再给爷爷增添任何麻烦。”黎米樾表示否定。

“不然你打电话去问她为什么没来找你？”

“开玩笑呢？”黎米樾像被踩中了尾巴，奓毛道，“我只是好奇而已。好了，这个话题结束，我不说了。”

黎米樾起身，带着游戏机快速离开客厅，留下黎米笙视线落空地坐在沙发上，反复揣摩黎米樾刚才的话。

黎米笙承认，五年的相处时间并不是那么轻易就能够被抹除的。

得知真相的一瞬间，黎米笙同样很愤怒，已逝的亲人是他不能被触碰的软肋，这场欺骗如同剜开了他还没有完全愈合的伤口，甚至伤得更深，深到他回想起就感到心脏抽痛。可夜深人静时，他又会时不时地想起这五年来的点点滴滴。

他告诉提醒自己，应该要一直憎恨她。可是，很用力地去讨厌一个人，其实是一件非常累人的事情。他并不想去做这种低回报率的事情。

于是，他保持不闻不问的态度，专注其他事情。

手机的振动唤回了黎米笙的思绪。

屏幕上短信显示的红点通知他有一条未读的短信。

黎米笙揉了揉眉心，摒除掉纷乱的思绪，随手点开未读信息。

下一刻，他的动作顿住，发来信息的号码是黎米芸，不，是乐优昙的。

现在日常沟通都用的微信，他也就只记得拉黑她的微信，并没有将她的手机号码拖进黑名单，所以她才能发短信进来。

黎米樾刚还在说她为什么不继续来求他们了，这条消息应该就是认错，然后请求他们可以让她爸爸回来吧。

这么想着，他又变得烦躁起来。

他承认自己还是有种逆反心理。乐优昙没提到这件事情的时候，他会客观地分析所有人的做法是对是错。可要是她一直不停地说有关她爸爸的事情，那他就会莫名烦闷，连带看她也不痛快。

他嗤笑一声，不准备点开短信，可下一秒，他又迟疑了，忍

不住伸手过去……

看在消息里面附带的视频，黎米笙脸上的神色越来越凝重。

视频里是一间破旧的房子，墙面斑驳，水泥地板上躺着一个女孩子，头发凌乱地盖在脸上，身上裸露的皮肤有一道道伤痕。忽然镜头拉近，一个男人蹲在女孩子身边，厉声让她开口说话。结果，女孩只是喃喃地动了下嘴皮，根本听不清女孩说的是什么。男人不耐烦，站起来狠狠地踢了女孩一下。

黎米笙目光一紧，因为视频里男人这个踢人的举动，让女孩疼得翻转身子蜷缩在一起，想要尽量保护自己，而盖住她面孔的头发顺势滑落，让他看清楚，那是乐优昙。

黎米笙的手紧紧握成拳。

摄像机贴近女孩子的嘴边，这回，他听到了，乐优昙在喊："爸爸……哥哥……"

第五章／拯救

1

余亚齐很焦虑，无心办公，在办公室内来回踱步，不断地用手机拨打许攸的电话号码，但一直没人接听。

他把手机砸在沙发里，单手叉着腰，另一只手抵着突突直跳的太阳穴。

许攸带着黎米芸一起不见了。

这是他请的保洁去别墅打扫之后跟他说的，别墅里没有人。

他不知道许攸为什么要带走黎米芸，是不赞成他的做法，要救黎米芸，还是有其他的什么想法。

一时之间余亚齐觉得脑子快要炸了。

发出视频的第二天，他就收到了现在的黎米芸并不是黎家真正的大小姐的消息。据说是黎老爷子太想念孙女，所以找了一个跟黎米芸长得很相似的女孩，收养她在黎家长大。

余亚齐对这个消息持怀疑态度。黎家应该是在故弄玄虚，放出烟幕弹企图迷惑绑架黎米芸的人。直到许攸打来电话，说黎米芸亲口承认，黎家的两位少爷不是她的亲哥哥。

可毕竟人已经在手上，余亚齐就想着，哪怕是收养的，那么多年相处下来总会有感情的，也许可以利用一下，所以他当时只是交代许攸把人看好，安抚住。

许攸答应了，并且说一定会帮助他。

可是现在，她带着人走了！

余亚齐派人去盯着黎家的动静，却并没有看到黎米芸回黎家。

余亚齐揉了揉疲倦到想要罢工的脑袋，黎家掉链子，许攸也给他掉链子。当务之急，他趁黎家还蒙在鼓里的时候，先找到许攸和黎米芸。

他并不知道攸拍了新视频发给了黎米笙，所以也不知道其实黎米笙和黎米樾已经开始行动起来了。

黎米笙看到视频后，将黎米樾从楼上叫下来。

“怎么会这样？”黎米樾不敢去想乐优昙遭遇了什么。看完视频之后，他对乐优昙的负面情绪暂时被放在了一边，内心涌起对她的愧疚和担心。

黎米笙看他一副不知道做什么的样子，便派了一些事情给他，说：“想办法去查一下她这几天的行程。”

“好。”黎米樾急忙点头，马上叫人去查。

不一会儿，他就收到回信。

“我让人打电话问过她入住的那家酒店，从她来找我们的那天起，就没回去过了。”黎米樾转述完，接着说，“我已经让人去查她那天回去的沿路监控了。”

“好。”

黎米樾看着手机上那段不到两分钟的简短视频，嘴唇紧紧抿起，喃喃道：“我说过要报复她，但真的看到她被人伤害，我还是会很生气。”

“我知道，”黎米笙点头，“我也是。”

就算在盛怒的时候说要让她付出代价，但也从来没想过要打她骂她。

或许阻止他们父女相见同样很残忍，但至少没有对她的身体造成任何伤害。况且，当时他们只是在气头上，并不是真的不让

他们亲人团聚。

他在害怕，像十六岁生日那天，担心母亲和妹妹的那种恐惧。

他晃晃头，把这些想法都逐出去，试图理性地分析：“她的生活环境简单，没什么结仇的人。”

顿了顿，他继续说：“除了我们。而且，对方发了这样的视频给我们，显然针对的是黎家。这两天，她不是真的黎米芸的消息已经慢慢散布出去了，”黎米笙推测，“那他应该不是我们圈子中的人，要不然应该也听到了风声。”

黎米樾抓了抓头，说：“看黎家不爽的人多了去了。”

黎米笙脑海里闪过好几个人，但无凭无据的，只能摇摇头道：“先等监控那边的消息吧。”

另一边，黎振海在对着电脑开远程视频会议。齐程拿着手机从门外进来，等黎振海开完会才汇报：“董事长，刚刚得知，米笙少爷那边也收到了乐小姐的绑架视频，但视频内容有差别。”

“仔细说说，怎么回事？”

齐程把手机递给黎振海，说：“您看看。”

他一边给黎振海播放，一边解释说：“地点变了，并且这个视频里面，乐小姐被虐打了。”

黎振海看完，眼神微动，问：“这是第二个视频？”

“是的，应该是又拍了一个。”

黎振海叹了口气，说：“是因为我们这边没有反应，对方又拍了一个？”他刚才的那声叹息若有似无，很快就消失。

片刻后，黎振海问：“我那两个孙子在做什么？”

“他们还不知道我们这边收到了视频，目前正在调查监控。”

“随他们吧。”

齐程犹豫着问：“我们收到的那个视频，不对米笙少爷说吗？”

“暂时不用，就当我们不知道吧。”

因为乐优昙的事情，他和孩子们的隔阂已经很深了，不需要再把他们越推越远。

事情为什么会变成这样？

乐优昙正想这个问题。

被注射了肌肉松弛剂的乐优昙浑身无力，躺在冰冷的地面上，浑身疼痛。乐优昙看着对面坐着的女人，坚持问出自己无法理解的问题：“为什么这么对我？”

明明她们才认识。

明明救自己出地狱的是她，现在让自己重新跌落地狱的依旧是她。

三天前，经历强奸未遂的乐优昙一晚上颤抖不已，整个人蒙在被子里也无法安心入睡。直到外面天开始变亮，她才撑不住慢慢睡过去。

等她醒来时，许攸正好敲门叫她起床。

“你起来啦。我还挺担心你的，想来看看你有没有不舒服。”许攸笑容和煦。

“没有舒服，”乐优昙不好意思地摸摸后脑勺，略微有些局促，“我只是起晚了，不好意思。”

下一刻，她的肚子响起来，毕竟已经一天一夜没有进食了。

气氛凝滞，乐优昙不争气地脸红了。

许攸装作没听到的样子，拉过她的手，说道：“没事，我也才刚起来。既然你起来了，我们就下去吃早餐吧。我买了粥和一些油条包子，不知道你喜不喜欢吃。”

“可以的，我不挑食。”乐优昙赶紧回道。

她的目光落在她们牵着的手上。

这个姐姐身上有种香香的味道，手也软软的，莫名让人很舒心，能够让她在这个陌生的环境里一下子放松下来。

乐优昙对许攸很感激，又怕自己给许攸添麻烦。

餐桌上摆放着两碗冒着热气的香菇鸡肉粥，中间还有一盘包子，旁边盘子里有三根油条。

乐优昙跟着许攸坐下来，乖巧地捧着碗，小口小口地喝着粥，胃里有了热粥垫底，身体也开始暖和起来。

许攸用公筷夹了一个兔子形状的小包子给她："这个是流沙包，女孩子好像都还挺喜欢吃这个的。我还买了很多其他的口味，豆沙包、豆腐粉丝包、酸菜牛肉包……甜咸都有，你随便拿。"

"谢谢姐姐，"乐优昙很大口地咬了口流沙包，竖起大拇指，"很棒，超好吃。"

"你喜欢就好。明天我给你买其他的试试呀。"

许攸这句话是在用温柔的语气强硬地决定留乐优昙多住几天的意思，但乐优昙完全没有察觉到。乐优昙仍旧沉浸在美味的早餐中，一边就甜咸口味和少吃糖能抗老的女生话题跟许攸三两句话地聊着，一边接受许攸的投食。

此时的许攸不同于昨晚在余亚齐面前的模样，她既表现出了大姐姐的成熟淡定，又带着能跟乐优昙轻而易举拉近距离的小娇憨。

等乐优昙吃得差不多了，许攸才将话题引到昨天的事情上来："你能跟我说说，为什么半夜还在外面吗？是离家出走了吗？"

乐优昙脸上轻松的笑容瞬间收回，咬了咬嘴唇。她有太多心事想要说，却没有任何信任的朋友可以让她倾吐出来，心里再三纠结，权衡该不该把刚认识的许攸当成是一个"树洞"。

许攸不认识自己，性格又好，是个很好的倾听对象。思考片刻后，乐优昙终于开口："不是离家出走。我……暂时不知道自己该去哪里。"

见乐优昙松口了，许攸的笑容更加亲切，循循善诱："怎么会不知道去哪里？你家人呢？"

"我爸爸在国外。"

许攸僵住，她好像听说过黎米笙他们是幼年丧父。

黎米芸这是在欺骗自己吗？可不应该啊，她没道理骗自己啊。许攸稳住心神，接着问："那就你一个人在国内？我看你还小，你家人放心吗？"

"之前我有哥哥，对我很好，但其实他们不是我的亲哥哥，我只是住在他们家。现在他们生我气了，我就出来了。"

许攸越听越听不懂，什么哥哥不是亲哥哥，现在又生气了？

这不还是离家出走吗？

“为什么不是亲哥哥？”

“本来就不是啊。他们以为我是他们的亲妹妹，但其实不是，所以才生气了。”

“不会的，你哥哥只是暂时生你气，气消了就好。”

乐优昙摇头，不抱希望，说：“不，因为我骗了他们，触碰了底线的那种欺骗，他们很生气，跟我决裂了。”

“没机会和好？”

许攸直觉她问出了余亚齐不知道的东西，她想确定余亚齐把乐优昙带回来的价值还存不存在。

乐优昙沉默，眼前闪过黎米笙和黎米樾在知道她是假的黎米芸之后的样子。

“嗯，和好不了了。”她低下头，掩盖住眼种的酸涩。

“别这么想，也许只是你自己胡思乱想。有时候我们会放大内心的害怕，但其实事情到不了那种程度的。”

“希望吧。”乐优昙敷衍地回应着。

“既然你说你不知道去哪里，那这段时间先留在这里吧，”许攸维持着表面上的笑容，“反正我也是一个人，我们可以做个伴。”

“许姐姐，这太麻烦你了，”乐优昙婉拒，“不过我还是回

酒店吧，我的东西全都在那里。”

“好，那我给你倒杯牛奶，你先喝完再走。”许攸说着，起身去倒牛奶了。

尽管已经吃饱了，乐优昙还是接过许攸倒的牛奶，慢慢喝了。

再后来，她就什么也不知道了，醒来后人就已经到了现在的这个破败房间里。

许攸坐在她面前，手里摆弄着一台相机，没有解释为何要迷晕她，反而是叫身边的大汉打她。

“也没有为什么，”许攸面对乐优昙的质问，丝毫没有愧疚，“就是你恰巧在这里，我恰巧需要你而已。”

她走近几步，蹲在乐优昙面前：“你可能不太清楚，我已经发了好几条视频给你的哥哥们，告诉他们你现在有多惨。只要他们能照我说的去做，我就会放了你。”

乐优昙听到这里，眼睛一亮。

但是，这朵希望的小火苗刚冒起就被人一头浇灭。

发现她眼神的这一小变化，许攸轻轻地笑出声，语气中满是遗憾和可惜：“可是很抱歉地告诉你，你的哥哥们无动于衷呢。”

乐优昙缓缓闭上了眼睛。

是了，这样才是正常的。为什么她每次都还对他们抱有幻想。

以前他们的宠爱也只是给假装成黎米芸的她而已。现在她是乐优昙，与他们毫无瓜葛，并且还被他们深深厌恶，他们不救她也是情理之中。

尽管这么想，她还是忍不住落了泪，心里涌起一股不甘和怨愤——

可她是乐优昙的话，为什么会被绑架？

她就活该遭受这一切折磨吗？她现在到这种境地难道不是因为黎家吗？

因为黎家，她被人绑架，那凭什么又不救她呢？在他们眼里，她这条人命就这么可有可无吗？

许攸观察着乐优昙的神色变化，她用指腹沾了一滴乐优昙的眼泪。

“听说你在黎家待了五年？看起来你们之间的感情并没有那么深啊。”

乐优昙说：“是，我对他们来说可有可无。你绑错人了。”

“可是没办法啊，只有你在我手上，”许攸摩挲着指尖，“我也不信你们相处了这么多年会没有一点点感情。所以啊，只好委屈你了。”

许攸想帮余亚齐。

不管怎么样，她都想让他心想事成。

2

“黎总，您没有预约不能进去……”办公室门外秘书故意说得很大声，成功地让里面的人听到。

黎米笙眼神如冰刀，秘书步步后退式的阻拦并不能对他起到作用。他迈着大步，快速地走到余亚齐的办公室门口，推开紧闭的玻璃门。

屋内的余亚齐堆起一个虚伪的笑，说：“黎米笙，是什么风把你这个大忙人吹到这里来的？”

黎米笙没有回话，把门关上，阻隔了外面的窥探，然后脱下西装外套，挽起衬衣袖口。

“你这是要干吗？”余亚齐收回笑容，一头雾水。

黎米笙一边整理袖子，一边朝他走近，到他跟前时直接挥起一拳头，打得他措手不及，转过身子趔趄了一下，扶着身后的办公桌才站稳。

余亚齐擦了一下火辣辣的脸颊，眼神变得危险，说：“你疯了吗？来我这里撒泼？”

黎米笙走上前，扯住他的衣角：“我看你才是疯了！商业上你有什么手段我都接着，但你千万别把主意打到其他人身上。”

余亚齐使劲挣脱黎米笙的手，说：“我干什么了？黎总说的话我怎么就听不懂呢！”

“监控我们看了，那天晚上是你带走了人。”

余亚齐听黎米笙这么说，再装傻也没意思，索性说：“哦，你说这个啊。那你们家应该感谢我啊。我救了你们妹妹，带她去养伤，有错吗？”

黎米笙用手机翻出自己收到的视频截图，扔给余亚齐看，说：“是啊，所以我才说要好好感谢你这样子的救人。”

余亚齐扫了一眼，夸张地露出惊讶表情：“这是怎么了？她第二天醒过来就离开了，我还以为她回家了。”

黎米笙没有耐心再跟余亚齐来回打太极。

黎米笙知道余亚齐不会承认这件事情与他有关，最后通牒：“余总，我希望一个小时内能收到地址，要不然，余家现在正在接触的几个项目恐怕会有点波折。”

“黎总口气有点大。你就不怕黎氏资金链断了？”余亚齐不以为然。

黎米笙反问道：“你该不会以为我就只依靠着黎家这点产业吧？”他伸出手拍了拍余亚齐的肩膀，似乎要拍去衣服上的灰尘，“你也知道，我从来不会开玩笑的。”

留下一句看似忠告的威胁，黎米笙便离开了。

他相信，余亚齐不会让他等很久。

担心黎米樾会克制不住暴脾气打伤人，黎米笙强制他等在负二楼的地下停车场。

但心焦如焚的黎米樾无法平静地待在车内。他下了车，喘着粗气在车边来回走着，眼睛直勾勾地留意着离他最近的电梯口，直到一个挺拔的身影从电梯轿厢里出来。

黎米樾迎上前几步，跟黎米笙并肩走着：“哥，那人怎么说？”

黎米笙摇头，说：“跟我们预想的一样，不承认。”

余亚齐这个人很滑头，目前他们能掌握的证据都没办法把绑架勒索这个罪名安在他的头上。

黎米樾恨恨地骂出声，说：“我叫人去把他名下所有地方都翻一遍。”

黎米笙说：“先等等，说不定等下他就会发消息过来。”他想起乐优昙，眼神暗了暗，“我们现在直接找上门，已经打乱了他的全盘计划，他不会再发第三次视频了。”

果不其然，半个小时后，黎米笙的手机收到一个匿名号码发来的地址。

不多时，黎米樾踩下油门从停车场飞驰而出，淹没进车流中。

半个小时前，许攸手机里收到让她赶紧跑的消息，她并不慌乱，反而因为余亚齐的示警而心感甜蜜。

她让人收拾好现场的东西，不慌不忙地把所有痕迹抹除，离开前，走到躺在地上已经脱力到连眼皮都无法睁开的乐优昙面前。

“告诉你一个好消息呀。你的两位好哥哥来救你了，开不开心？你要再坚持一下，毕竟你还有大用处呢。”她挑起几缕遮住乐优昙面容的发丝，语气柔软却没有什么温度可言。

屋外有人来提醒许攸可以准备离开了，许攸贴着乐优昙的耳朵说：“就这么再见啦，要记得我。”

她笑意盈盈地站起身，离开了。

乐优昙迷迷糊糊中听到许攸的声音，耳朵里面像是装了回音墙，声音重复着，不断撞击耳膜，越震越响，让她头痛欲裂。她锁紧眉头，脸上是一番痛苦的神色，可身体沉重得像被禁锢在水泥中，无法动弹。

“救……救……我……”

乐优昙拼命地想睁开眼睛，可往往只是睁开一条缝，就又丧

失了继续支撑的力气。

有没有人啊？

不知道过了多久，在她半眯半开的模糊视线中，有一个身影向她跑来。

霎时，心里多了一点点安全感，她放心地睡过去了。

防止遇到一些突发情况，黎米笙在来救人的路上叫了一辆救护车和一些帮忙的人手。

车子出了市区后越开越偏，最后到了位于和隔壁市接壤的小县城下的村子里。

“这个地方也亏余亚齐能找得出来。”黎米樾看着车窗外人烟稀少的景象，控制不住地吐槽。

黎米笙特地观察沿途电线杆和粗树枝的上端，说：“有一些地方没装监控，怪不得追踪不到他们离开别墅区之后的下落，应该中间有在哪块监控死角的地方换了车。”

乐优昙在余亚齐的别墅里待了一天，就被许攸转移出来了。

黎米笙从余家别墅区的监控开始追踪，一路跟着到了省道上的一个三岔路口处，奇怪的是，人突然就跟丢了，所以才迟迟无法找到乐优昙。

最后，车在一栋被田地包围的独栋农家院落外停下。黎米樾几乎在车刚停稳时，就开车门跳下去了，匆匆跑进院子里。

“小……”黎米樾顿住，把呼之欲出的“芸”字咽回，改口重新喊，“乐优昙！”

身后的黎米笙带着其他人紧跟着鱼贯而入，一行人分散开，在这栋分了好多间房子的平房内查看。黎米笙在进门右手边的小房里看到了人。

乐优昙斜躺在地上，双手双脚都被捆住，手上还能看到一道道已经变得乌青的棍伤，嘴角还有血痂。她脸朝着门口，双眼紧闭，浓密纤长的睫毛在她近乎失去血色的脸上投下淡淡的阴影，仿佛已经没有活力。

黎米笙脑子“嗡”的一声，赶忙叫医生来这边救人，解开绑住她的绳子。

急救医生带着护士从外面冲进来，几个人将他以及闻声而来的黎米樾都挤到一边，给乐优昙戴上心电监护仪，随后将她搬上担架。

“她怎么样了？情况还好吗？”黎米樾抓住一个护士问道。

“病人现在很虚弱，轻度脱水，应该还有其他病症，等医生到车上了再做个初步检查。”小护士介绍完，又问，“救护车只能让一个家属跟着，你们谁上车？”她的目光在黎米笙和黎米樾

之间来回看。

黎米笙手抵着黎米樾的后背，将他往前推了一把："让他跟着。"

黎米笙现在还不知道该用什么样的心情，跟她相处。

尽管她还没有意识。

3

乐优昙失忆了，她忘记了被绑架、被虐打的痛苦，记忆回到了十八岁生日之前。

她还扮演着黎米芸的身份，有两个哥哥的爱护，是圈子里被人羡慕的黎家大小姐。

安静得几乎落针可闻的住院部内，黎米笙站在给黎家预留的VIP病房外，透过玻璃窗看到里面病床上雪白被子下面蜷缩的一个凸起形状。

他身边还站着乐优昙的主治医生，正在跟他介绍乐优昙的情况："选择性失忆，目前临床上常见的成因，要么是病人的脑部受到过强烈的碰撞，导致她失去了近期的短时间内记忆；要么是她遭遇了一件令她非常痛苦的事情，为了保护自己，大脑选择屏蔽掉这段记忆。而目前来说，黎小姐可能两者都有。她在绑架过程中，头部受到创伤，目前是有轻微脑震荡，另外……"

医生的余光注意着黎米笙的神色，言语中更添几分小心翼翼：“黎小姐被绑以及在此过程中的遭遇，我认为已经足够让她开启自我保护意识。”

黎米笙收回落在病房内的视线，转而对上医生的眼睛，问：“既然已经忘记了，那为什么她还会这么害怕？”

医生再次仔细观察了屋内乐优昙的动静，努力解释：“在心理学范畴上讲，选择性失忆是一个防御机制。虽然病人忘记了这段记忆，但毕竟事情是已经发生过的，它的阴影仍然存在。病人潜意识里还是会受到一些情绪上的干扰，但她自己搞不清楚到底是怎么回事，可能慢慢会形成一个心结。目前，黎小姐缺乏安全感，家人的陪伴应该可以对她的病情恢复有所帮助。”

“好，我明白了。谢谢医生。”

“分内之事，黎总太客气了。”医生马上客气又恭敬地回道，确定黎米笙不再需要任何帮助之后，带着“有钱人也不容易”的感慨转身离开。

经过护士台时，医生还听到年轻护士们在小声议论。

护士甲：“据说，这位是长孙！以后是我们名副其实的老板。”

因为黎米笙的父亲身体从小就不好，所以黎家干脆建了一家

治疗和疗养双并的私立医院。

护士乙："长得也太帅了吧！"

护士丙："听说住进来的黎小姐，不是真正的黎家小姐。"

护士乙震惊："啊？你居然还能知道这种惊天大八卦，来给我们详细说说。"

护士丙神秘兮兮地说："我也是前两天听到一个来就诊的病人说的。来我们医院看病的不都是有钱人嘛，同一个圈子消息很多的。那天我听到他在跟人打电话，说没想到黎家大小姐居然是被收养的。"

护士乙："这种好事怎么轮不到我呢！"

护士丙："听说是因为她跟真正的黎小姐长得有几分像，只可惜黎小姐去世了，所以黎家才把人接回去收养。"

护士甲开玩笑道："早知道我就照着黎小姐的样子去整个容。听着很像电视剧的情节。"

以乌速路过护士台的医生，悄无声息地旁听了一场八卦，脚步轻巧地回到了办公室。

别人的背后议论，黎米笙全然不知道。

他沉默着站在病房外面，看里面的人从睡梦中惊醒，看她情绪激动哭到不能自抑，看一群医生护士冲进病房，而她惊惧地抓着被角缩在床头，无助地呼喊着“大哥，二哥……”，看她拳打脚踢阻止所有人的靠近，医生趁她不注意把她按住，让护士注射镇静剂。

原本，黎米笙以为救出乐优昙，等她伤好之后就能互不相欠。等再过几年，乐景明从国外回来，那他们就能重新回到两条平行线上去。

可是总有意外发生。

看乐优昙在药力的作用下再次睡过去，黎米笙准备等下就离开。

护士给乐优昙盖好被子，手脚轻柔地走出病房。经过黎米笙的时候，护士以为他是家属中来陪床的，便开口提醒：“黎先生，黎小姐已经睡着了，你现在可以进去看看她。前期黎小姐的情绪波动会比较大，家人多点陪伴能有利于她的病情康复。”

也不知道护士的哪句话让黎米笙改变了主意，他没有离开反而走进了病房。

单人病房的环境还不错，外间是待客区和生活区，还附带一个功能很齐全的小厨房，里面是病人休息区。为了方便医护人员能够更好地照看病人，两个房间都与过道相邻，墙上有玻璃窗。如果有些患者比较注重隐私，就可以放下百叶窗帘阻挡

外面的视线。

病房里很静谧，只有空气净化机运作的轻微响声。

病床上的人呼吸清浅，乖乖巧巧的样子，一如他们五年相处的时光里的模样，只是脸上的瘀青略显狰狞，让他不得不去想象，在她被他们赶出黎家之后，到底经历了怎样的噩梦。

他伸出手，想要遮挡住碍眼的伤痕，但下一秒就被病房门打开的声响给制止住了，他若无其事地收回手。

进来的人是黎家的阿姨，梁婶。

梁婶手里提着保温盒，还有给乐优昙整理的换洗用品，看到黎米笙坐在病床旁，也不见多奇怪。

“大少爷，我给乐小姐送些补品过来。”

这段时间，黎家大宅里面弥漫着一股诡异的气氛。小姐离家出走，两位少爷不管不问，他们这些在黎家工作的人都以为是黎米芸发脾气，两位少爷无奈地任由她闹。后来隐隐约约听说小姐不是真正的黎家小姐。他们也吓了一跳，照顾了五年的小姐怎么变成收养的呢？既然收养，为什么还用真正黎小姐的身份在黎家生活？

这些问题给他们的闲暇时间提供了很多聊天素材，大家纷纷在私下揣测这位乐小姐是不是冒充黎米芸，被拆穿之后被赶出门了。

但事情出人意料，今天梁婶就被黎米樾交代，做点乐小姐爱吃的清淡口味的东西送来医院，这么看来好像也没有闹僵。

百思不得其解的梁婶索性就不多想了，照着吩咐来医院照顾乐优昙。

黎米笙噌地站起来，余光粗略地扫了一眼陷入沉睡的乐优昙，道："既然你来了，那我先走了。好好照顾她，有事及时通知我。"

要是再不出去，他对乐优昙的厌恶会被喷涌而出的愧疚淹没。

此时的他并不能保持理智，准确地判断出内心真实的情感。

不等梁婶回答，他大步流星地走出病房，离开了医院。

乐优昙在医院里待了将近一周，她变得沉默寡言，抵触陌生人的靠近，偶尔会看着门口发呆，像是把所有人都隔离在自己的世界之外。

梁婶喂她吃东西，她乖巧地张着嘴，像只等待喂食的动物幼崽。

尽管她不想开口说话，但有几次还是问道："我的哥哥们呢？"

每每这时，梁婶都会搪塞：“公司有要紧事，两位少爷飞去国外了。”

尽管梁婶明白乐优昙与黎家的尴尬关系，但仍抵不过过去这些年的相处而产生的情谊。她带着长辈对小辈的疼爱，想摸摸乐优昙柔软的发顶，但手一抬起，乐优昙就警觉地后撤，远离她。

对上乐优昙戒备的神情，梁婶心中一阵酸涩，乐优昙该是受了多大的罪才会这么害怕别人。梁婶缓过了这阵伤感，努力笑着，说：“小姐想哥哥了吗？少爷交代我好好照顾你，让你快点好起来，等他们回来就马上来医院看你。”

后来的日子，乐优昙眼中的亮光越来越微弱，人也跟着逐渐憔悴，体重日渐变轻。

一天夜里，陪床的梁婶半夜起来，听到病床的被子下传来很细微的抽泣声。她出声问：“小姐？是你在哭吗？”

梁婶连忙开灯，想去掀开被子查看情况。但乐优昙死死地扯住被角，将自己包裹在被子里，拒绝梁婶的查看。

第二天，梁婶打电话给黎米笙汇报情况。

“小姐经常失眠，好不容易睡着马上就会惊醒，整个人的精神状态不是很好，人也越来越瘦了。”

主治医生也注意到了乐优昙的状况，他安排心理医生给乐优昙做评估，最后被诊断出有抑郁倾向。

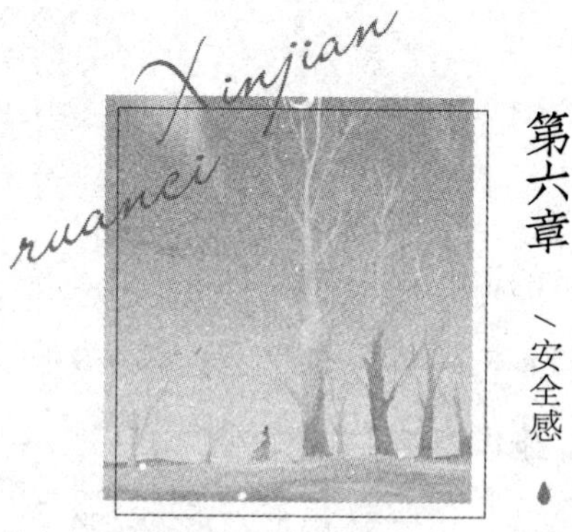

第六章 / 安全感

1

黎米笙这段时间确实很忙，他把那个跟余家一起竞争的项目拿到手了。这几天，他加班加点，和团队一起完善项目的具体实施方案。

从公司回到黎家，他一边扯着领带，一边进入卧室，一眼就瞥到连接着卧室的小书房桌子上放着的那个外皮已经残破的日记本。

粉白色的笔记本出现在冷淡刻板的房间里，显眼到让人想忽略都难。

他清楚是谁放在这里的，径直走在桌前，略微愣了几秒钟，

拿起日记本翻开。

日记也不是完全意义上的日记，准确来说，这是乐优昙单方面与黎米芸对话的记录本。写得很随意，并不是一天一次地写下来，大概是她心里有什么话想对黎米芸说，才会写下一小段，所以这么多年，日记本也没换新的。

第一页，笔迹还很稚嫩——

“今天是我第一天来到黎家，小芸，这么巧，这居然是你家，我还见到了你的大哥和二哥。你哥哥们真的对你特别好，可是对不起，我假冒了你的身份，欺骗了疼爱你的哥哥们。因为他们把我错认成了你，以为你还活着。而我不知道该怎么开口解释，也不忍心他们重新陷入绝望。我是个坏人，对不起。”

再翻过几页——

“越来越明白你的存在对于你哥哥们的意义。我以前太不懂事，只想到我能够假扮你，让你的哥哥们一直误会下去，却完全不知道这样子的欺骗在被拆穿那天会更伤害人。”

后面隔了好久的一条——

“小芸，生日快乐呀。祝你下辈子平安健康，和爱你的家人们永远幸福地生活在一起。”

再长大一些的时候——

“我知道你哥哥们的好全都是把我当作是你，我无数次想坦白，但是很抱歉，我没有勇气去面对被拆穿之后的境况。”

“我希望我能变得更优秀，因为你在他们的心目中一定是完美的。”

“有时候我会沉浸在两位哥哥的所有善意中，以为自己是被他们全心全意宠爱的人。但你放心啊，我知道的，这些都属于你，谁也抢不走你的哥哥。”

“到了真相被拆穿的那天……好像说什么都没用，他们会很生气的吧。我这个窃取了别人五年身份的小偷，还是侥幸地希望，对他们的伤害可以降到最低。”

……

日记本里记载着很多碎碎念式文字，写了很多很多，琐碎但足够诚恳。

看完整个本子，黎米笙才了解到她的情非得已和没办法。

小时候她还不懂一件事情的连锁反应，单纯地以为假扮就是假扮，根本想象不到这件事情会对别人产生伤害。

长大后，足够懂事了，她慢慢意识到这件事情的骑虎难下，进退两难。

黎米笙缓缓地呼出一口气，当即做了一个决定。

门外有个人影鬼鬼祟祟，扒着门边往屋内张望，自以为行踪

很隐秘。

黎米笙没好气地戳穿："你在外面探头探脑的干什么？"

"嘿嘿嘿！"黎米樾尴尬地笑了笑，"哥，你有什么想法？"

"没想法。"

"啊？"这个回答在黎米樾的意料之外。

他之前只是翻看日记本掉落出来的几页，这几天抽时间看完了一整本日记，像是在字里行间看到了另外一个小女孩慢慢地长大。

她从懵懂无知到懂事成人，知道了世界的复杂多面，领略了真情假意，慢慢从中体会到了人情冷暖，对曾经无意犯下的错误诚惶诚恐。她善良敏感，努力想要弥补，可似乎怎么做都是个错。

黎米樾看日记的过程中，代入进去，尽管还是嘴硬说跟乐优昙势不两立，最好的结果就是互不搭理。可不知不觉，他对乐优昙强撑起的疏离推拒已经脆弱得快要分崩离析，只差最后一步。因为，他很自欺欺人地在担心黎米芸的感受。

他的内心仍存在一种没什么意义的坚持，他怕原谅乐优昙会委屈妹妹黎米芸。

于是，机智的他决定把这个难题扔给大哥。

奈何黎米笙没有正面回答他的问题。

第二天一大早，黎米樾被人粗鲁地掀开了被窝，睡得一脸蒙的他从好不容易从睁开的缝隙中看清楚来人——老神在在的黎米笙。

也对，家里除了黎米笙之外，谁还敢来掀他被子。

黎米樾沙哑着声音问道：“哥，你干吗？”

“起来换衣服，吃完饭带你去一个地方。”

“哪里？”

一个小时后，被强制性从床上挖起来的黎米樾换好衣服，精神抖擞地坐上了黎米笙的车。看他大哥在路过一家花店时，停车进去买了三束花，一束紫蓝色鸢尾花和两束白色洋桔梗。

黎米樾看到黎米笙抱出来的三束花，就明白他们这一趟的目的地是哪里了。

他哥是要带他去陵园看父母和小妹。

黎家在城北的陵园里有一块家族墓地，他们父亲就被葬在那里。而程锦和黎米芸，因为一直没有打捞到遗体，兄弟俩并不愿意相信亲人真的离世了，他们祈祷妈妈和妹妹被谁救起了，仍活在这个世上，只是忘记了回家的路。每当想她们的时候，黎米笙就带着黎米樾飞去她们出事的那片海边坐着，对着大海说说话，就当是给不在身边的亲人们传音了。

后来，妹妹居然回来了，让他们还庆幸了好长一段时间，

幸亏没有造墓立碑，没有掐灭那一丝“亲人其实还活在世上”的希望。

直到骗局被拆穿，他们不抱有期待，才给程锦和黎米芸设立了衣冠冢。

陵园。

两人肃穆着神色将两束洋桔梗放在父母的墓碑前，鞠了三鞠躬，又把鸢尾花放在了黎米芸的墓前。

黎米笙蹲下来，凝视着墓碑上贴着的小女孩的照片。

那时的她扎着两条小辫子，脸上肉嘟嘟的，半弯着身子抱着身前的边牧犬，她的一只手指着前面，是在让边牧一起看镜头。因为拍照，她下意识地咧着嘴开心地笑着，丝毫不在意她的下门牙缺了一颗。

他鲜活灵动的小妹妹，被命运残忍地定格在照片里，成为祭奠她的图像。

“你过得怎么样？算一算时间，你现在应该是一个十八岁的大孩子了。”

黎米笙盘腿坐在墓前，很随意地跟妹妹聊天。

一边的黎米樾有样学样，也坐下来，对着妹妹的照片挥挥手，打招呼道：“好吗？我亲爱的妹妹。”

黎米笙继续说：“哥哥们给你设了衣冠冢，小时候你喜欢玩的和这些年别的小孩喜欢玩的东西，都给你放进去了……妈妈跟你离开得太突然，我们无法接受这个事实，不愿意相信，所以没办法给你们造墓。所以在有人对我们说，你还没死，你回来了的时候，即便有一些违和感，我都忽略了，并且真正地开心着。”

黎米樾赞同地点头。

“你会不会怪我们？”黎米笙盯着照片问，“为什么明明说最疼你，却还会错认你。”他苦笑一声，“但你不知道，你活在这个世界上的消息让我们不想去质疑。”

黎米笙继续说：“可是，当真相被揭开，我们自己却生气了，因为认错了人，因为对你来说不公平，我们把原本应该对你的好给了其他人。我一直在想你会不会因此生气，但因为得不到你的答案，又不想怪自己，所以坚持着不肯原谅乐优昙。”

听到这里，黎米樾不好意思地摸了下鼻尖。

“今天来也不是想剖析内心给你听，毕竟我也真的不是很想分析自己。特别是你二哥还在旁边，他等着抓我的小辫子。以后我一个人来看你的时候，再说给你听。”

“我不是那样子的人！你不要在小芸面前侮辱我。”黎米樾的义愤填膺坚持不过一秒，就销声匿迹在黎米笙的眼神威压之下。

“乐优昙生病了。”黎米笙转移话题。

黎米樾解释：“她是你的朋友，你还记得她吗？”

黎米笙着急地补充：“她也有错，但其实那时候她也还是个孩子，错并没有那么大，是我们把她犯的错放大了。”

“对，但这次她因为黎家被绑架，是我们对不起她。”黎米樾有些懊恼。

黎米笙继续说：“我看了她的日记本，她也经常找你聊天，那你都听到了吗？”他停顿了一下，“我们现在只是想去帮她解决困难，但你依旧是我疼爱的、唯一的妹妹。”

黎米樾举起手，说：“我也是！”

黎米笙深吸一口气，说道：“所以跟爸爸妈妈幸福地生活在一起吧，以后哥哥们会经常来看你们。

“下次再来找你们聊天。”

2

深秋时节，银杏树金黄的树叶飞舞在瑟瑟冷风中，最后降落在地上。在和煦的阳光照耀下，像是铺了一地的碎金。

乐优昙背着门的方向，枕着左手，不发一言地侧躺着，视线落在窗外的一点虚空中。

她很烦，做什么事情都兴致缺缺，不想跟人说话。

她其实也担心自己的状态，怕自己一直陷入消极中，无法自我调节。她希望有人来帮帮她，但这个人不是梁婶，也不是医院里的其他医生。

她期待见到黎米笙和黎米樾，即便潜意识里面隐隐约约有种不想见到他们的烦躁。

她不知道自己为什么这么不对劲。疼她的哥哥们，她怎么会讨厌和憎恨呢？

但是，哥哥们也不对劲了。为什么她都住院这么多天了，还不来医院看她？

所以，爱真的会消失吗？

“小芸！二哥来看你了！”

黎米樾人未到声先到。

房门被打开，黎米樾大摇大摆地走进来。

乐优昙在听到声音的刹那，克制不住地颤抖了一下，身体下意识地蜷缩了一下。可是很快她就反应过来，强装镇定。

她扭过头，脸上依旧还是不冷不淡的表情，右手探出被子，随意地挥了挥，说：“二哥。”像是完成任务一样。

走廊边，黎米笙注意到乐优昙先前表现出来的一丝恐惧，心像是被人揪了一下。

“你妹妹的状态不对呀，明显是有创伤后应激障碍了。”黎米笙身边的男人开口道。他戴着一副金丝边眼镜，一副商务精英的打扮。

“你不是说你妹妹选择性失忆，忘了被绑架的那一段了吗？现在很明显那段已经遗忘的记忆给她造成了严重影响，”眼镜男再一次问他，“你确定不用我跟你妹妹聊一聊？”

“暂时不用。她现在很抵触陌生人的接近。”黎米笙拒绝了好友季勤川的好意。

“那你特地让我过来是干什么？”季勤川不解。

季勤川毕业于世界心理学排名前二的大学，是一名心理学博士，也是世界权威的心理学会会员，硕士期间开始跟着导师临床实习，上周刚刚回国，打算在他自己的老家粤海市开一家心理咨询机构。

昨晚收到好友黎米笙的邀请，他一大早就开着车来到舟曲市，还没跟多年未见的朋友叙个旧，就被带到这里帮忙分析病情。

“你不是说让我们多陪陪她，帮她重新建立安全感？”黎米笙理所当然，“我对你的业务能力有信心。”他拐着弯地夸季勤川，“要不是你想要离你父母更近点，我早就把你拐到这个医院了。”

“别说虚的，也没见你用钱砸我啊，说不定我意志就不坚定了。”

“你想要我试试？”

“免了，我的威武意志不能屈。”

黎米樾搬起一把椅子，放在乐优昙的窗边。他大大咧咧地坐下，正好对上乐优昙投过来的疑惑目光。

“窗外有什么好看的，不如你看看我。”一看到乐优昙的正脸，黎米樾惊讶得连音量都提高了，“你的黑眼圈怎么这么重！我差点以为你戴了一副墨镜！”

见他如此夸张，乐优昙翻了个白眼。不想继续被羞辱，她把身子缩了缩，将脸埋进被子里。

黎米樾像个小孩子似的，凑过去，揪住被子一角，手上一用力，将被子一扯，乐优昙再次暴露在他目光之下。

黎米樾说：“黎米芸，你脾气见长啊。有什么不爽就直接说出来，不要对我冷暴力。你这都什么坏毛病，我告诉你，我可不助长你这股歪风邪气。”

他小嘴叭叭叭，控诉了一长串内容。

乐优昙只得出声，嗓音中透着一股疲倦：“二哥你好吵。”

“哈？”黎米樾不服气，“外面好多人想要二哥对他们吵，但我不给这个机会。黎米芸，你现在是身在福中不知福，你知不知道？”

乐优昙不说话，只是定定地看着他，眼中的有委屈和那么一丝悲伤溢出。

黎米樾被她盯得难以承受，只得求饶："好了好了，我说错话了。"

调节气氛失败，黎米樾放弃了。他还是问了最关心的一件事情："梁婶说你晚上经常惊醒，是做噩梦了吗？"

乐优昙一边点头，一边打了一个哈欠。

黎米樾伸手，捂住她的眼睛，轻声道："那你现在睡吧，二哥在你身边陪你。"

黎米樾的动作太突然，乐优昙没有回避的机会。

不属于自己的体温透过皮肤传到她的神经末梢，让现在不习惯被触摸的她不太适应，她快速地眨了好几下眼睛，睫毛像羽毛般，细细软软地在黎米樾的手掌心里扇过。

酥酥麻麻的感觉让黎米樾低声警告："闭眼，睡觉！"

这句话一下子让乐优昙安静下来。她闭上眼睛，眼前的黑暗化作一块幕布，慢慢放映着她记忆中的片段。

她忘记了从什么时候开始害怕打雷，可能是很多年前的那个雷雨交加的夜晚，乐景明自杀的一幕，让她畏惧雷雨夜。

在黎家度过的第一个夏季，有一段时间半夜经常有雷阵雨，她不敢告诉别人自己的害怕，每天晚上躲在被窝里瑟瑟发抖，边哭边等待雷雨退去。

那段时间她状态不好，被黎米笙和黎米樾发现了其中的端倪。

那时候的黎米樾比现在更霸道直接。在又一个雷雨夜到来时，他拿着备用钥匙打开了房门，掀开她的薄毯。

“你怎么这么笨，害怕打雷跟我和大哥说啊，”他一边责怪，一边把手掌覆在她的眼睛上，“算了，我懒得教育你了，明天让大哥来骂你。现在给我闭眼，睡觉！二哥今晚陪着你。”

起先她还是担心，怕他等她睡着之后就会回去。结果，第二天早上她醒来，发现他还趴在她的床边，睡得正酣。

后来每个雷声不断的夜晚，黎米樾总是能出现在她的房间里，陪伴她。

乐优昙对抗不了涌来的困意，逐渐睡着。

黎米樾确定乐优昙睡着后，拿起遥控器关上了病房的遮光窗帘，确定没有光照打扰到她的睡眠才收回盖住她眼睛的手。

黎米樾靠着椅背，注视着她安静的睡颜，那种被需要的成就感再次席卷他的内心。如同以前很多个陪她度过的雷雨夜一样，她全心全意地信任他，安心入睡，满足了他作为哥哥的保护欲。

抬头看到大哥倚着门框，黎米樾起身，刻意放轻脚步，关上病房门，随着黎米笙走到外间的会客厅。

季勤川已经离开，黎米樾放低声音，问黎米笙："勤川哥怎么说？"

"PTSD（创伤后应激障碍）。"

这个词语在信息爆炸的今天，早已让大家耳熟能详。

黎米樾并不惊讶，他虽然不懂心理学，但多多少少还是知道PTSD的病因和一些临床表现。

黎米樾突然找到了一个逻辑冲突点，问："为什么她还会PTSD？不是说她已经选择性失忆了吗？"

"勤川同样觉得奇怪。虽然选择性失忆将这段相关的记忆抹除了，但因为事情已经发生，成了既定事实，它对乐优昙造成的影响就依然存在。不过一般来说，没有她这么激烈反应的。医学界目前对大脑的了解十不足一，暂时也无法合理解释她目前的情况。"

"那她现在该怎么办？"

提到这个，黎米笙头疼到想揉额角，他切实体会到那句"早知今日何必当初"的深刻含义。

"当初秘密曝光，我们将她赶出家门让她路上遇到危险，被余亚齐带走，最后她受到伤害。她虽然失忆，但潜意识里开始排斥我们。这一圈因果循环环环相扣，而现在我们要努力让她重新信任我们，打消她内心的危机感。”

“所以……”

“她现在还停留在保护秘密那个阶段，即便她内心在排斥我们，但我们还是要把她当成亲妹妹，对她爱护有加。作为家人，我们要多陪伴她，替她制造更多的快乐记忆填补内心。”

“好。我办事，你放心。”黎米樾说风就是雨，马上站起身，“哥，你今天没什么事吧？”

黎米笙看了一眼时间，说：“下午有个会，不过我已经让助理送电脑过来了。”

“那行，我出去一趟。”

3

时间滴滴答答走得飞快，中途护士给乐优昙换药，黎米笙也站起来跟着进去。

还好，乐优昙这几天都没有睡好，这会儿睡得很沉了，换药也并没有弄醒她。

黎米笙坐在之前黎米樾搬来的椅子上，静默地望着睡觉时仍然蹙着眉头的乐优昙。

“我们之间，你对不起我和米樾一次，我们也对不起你一次，

是不是可以扯平了？”

他不奢望乐优昙的回答，问出这个问题也只是想理清楚心里的一团乱麻。

然而，下一秒，乐优昙眉心紧锁，嘴唇一张一合，不知道在说什么，从闭着的眼缝里流出泪水，似乎梦到了什么。

黎米笙向前俯身，将耳朵更贴近她，才听见她在求救：“大哥，二哥，快救救我……你们在哪里？”

他瞬间失了神。

下一秒，他顺从本心地握住她的手，安抚道：“别怕，大哥在你身边。”

我们能不能各退一步，回到以前共同生活时候的样子？

乐优昙睡了很沉的一觉，醒过来时发觉自己的手被握着。

她第一时间想要抽出来，抬眸时正对上黎米笙探究的目光。她动作一僵，继而掩饰般晃了晃两人握着的手，又立刻想到了他们好几天没出现，赌气地甩掉了他的手，翻了个身，背对着他。

一系列动作流畅自然。

黎米笙微微抬眉，问：“怎么了？”

“你们为什么今天才来看我啊？”睡饱之后，乐优昙的声音也多了些力气。

黎米笙解释：“我前几天也来了，你刚好睡着了而已。”

其实也就来了那么一次，黎米笙很懂说话藏一半的道理。

乐优昙像是接受了这个理由，气焰全消，慢吞吞地转回身，声音细细软软的，有些不好意思：“哦，这样啊。你和二哥不来看我，我本来还很伤心。”

“黎米樾是真的没有来。”黎米笙出卖弟弟。

“他太过分了，今天还凶我，”她环顾了一周，“二哥呢？”

“出去了。”

乐优昙委委屈屈地说：“罢了，我不过是一个没有二哥疼的可怜小女孩而已。”

黎米笙顺着她的意思，说：“你有大哥疼就好了。”

两人达成共同排挤黎米樾战线的场面被当场抓包。

黎米樾提着从老街买回来的酸汤馄饨，咋咋呼呼地叫屈：“万万没想到，我居然成了我们家没人爱的小可怜！”

“黎米芸，你太让我失望了！”黎米樾努力带着乐优昙回忆往昔岁月，“你不是一直说我们年龄差距小，代沟少。我为了你开了三个多小时的车从你最喜欢的馄饨店买了你最喜欢的酸汤鲜虾馄饨……”

黎米笙双手抱胸，一副看戏的姿态，微笑着围观弟弟的唱念

做打，心里默默打了个评语：“浮夸。”

乐优昙颤颤巍巍地伸出手，哭丧着向大哥求助：“大哥，我还是个病人。”

收到乐优昙的求助信息，黎米笙准备尊重病人的意愿，把黎米樾拖出去。

黎米樾提高声音：“黎米芸，我们之间的手足情呢？”

这句话似乎起了作用，乐优昙暂时叫停了：“等一下，大哥。”

黎米樾嘻嘻笑道：“看来你还是我的好妹妹。”

“大哥，能不能先把馄饨给留下？”

黎米樾认清现实了，大呼：“黎米芸，你没有心。我一个八尺男儿居然比不过一碗馄饨！”

看够了好戏的黎米笙笑出声：“行，我拿到外面给你热一下，待会儿再给你。”

黎家两位哥哥在乐优昙眉眼带笑的注视下，推推搡搡地走出去了。

他们彼此都没看到，一离开对方的视线，里间外间的人都收起了那副极力维持表面和谐的伪装。

黎米樾在大哥面前求夸奖：“我是不是完美贯彻了医生的指导方针？刚才情绪充沛，表情到位，表现力强烈……完美重现以前我跟我们妹妹的日常相处模式。”

“过于浮夸。”黎米笙忍不住泼冷水。

黎米樾翻了个白眼，说：“哥，老天给你的经商天赋上开了一扇门，顺便也在你的影视鉴赏能力上关了所有的窗户。”

黎米笙忍受着黎米樾的聒噪，拿过黎米樾手里单独分碗出来的馄饨汤，倒在陶瓷碗里用微波炉加热，任由黎米樾越说越来劲，大有要为自己的演技正名的架势。

两分钟后，黎米樾收获了一碗热气腾腾的馄饨和一句来自黎米笙的警告。

“你要是继续吹捧你的演技，我就会跟老爷子说，他的小孙子想当演员。”

黎米樾瞬间闭嘴。

他不怵老爷子，也没有进军娱乐圈的想法，但老头子听风就是雨，特别较真儿，要是老爷子真以为他有当演员的想法，估计他会被叨叨烦死。

黎米樾老老实实、谨言慎行地端着他特地去买的酸汤馄饨进入里间。

“喏，快来吃你哥我千里迢迢给你买回来的馄饨。”黎米樾重音强调他的兄长爱。

乐优昙拿起勺子，问：“是清坊老街那家的吗？”

“那当然，你也就喜欢吃那家的馄饨。”

“不是不让外卖？你去的时候应该也买不到了吧？”

老街那家的馄饨店是一对已经六十多岁的老夫妻开的，没有请别的帮手，老板两口子动作虽然麻利，但人力有限，每天只卖300份。并且，为了保持馄饨的最佳口感，保证食客吃到的都是同一品质的馄饨味道，他们家规定必须堂食。

总之是一家很有原则和脾气，但味道好得让人愿意排队等位、遵守规则的老店。

所以乐优昙挺好奇，他是怎么能让老板改变主意的。

“以前你经常拉着我过去，老板早就认识我们了。”黎米樾笑着说，“我过去的时候，老板都已经做完卫生准备关门。看到我一个人过去，还问我，每次跟我一起的小姑娘怎么没来。我就说你住院了。

“当然，稍微夸大了一丢丢你住院的严重程度，说你明天就要做手术，想要在禁食之前再吃一次酸汤馄饨。”

乐优昙很是无语。

黎米樾继续说：“我花钱请他们加一下班，通融一下，额外再做一份。老板为难，说没有食材，并且外带影响口感会砸了他的招牌，但关键时候老板娘答应下来，说我们又不是第一次吃，老顾客了还能不清楚馄饨的味道。于是我就开车带老板娘去买食材现做了一份，人家还祝你手术顺利，早点康复。”

看着乐优昙亮晶晶的大眼睛，他头一热又补充一句：“也就这一次，下次我要再说你手术，估计人家就不相信了。”

乐优昙腹诽：白瞎，不想感谢他了。

她一口一个馄饨细细地品尝，吃得极为认真。

黎米樾坐在床上，托腮问她：“好吃吗？”

“嗯。”乐优昙应得含混。

说实话，老板是对的。花了这么久时间带回来的馄饨，面皮不再是劲道的口感，在口中一抿就碎，除了汤还是店里的味道之外，其他都变得难吃。但乐优昙仍然光盘了。

黎米樾很膨胀，说：“那好好珍惜这一顿外卖，以后很难再有这种机会了。”

乐优昙满脸真诚，说：“二哥，谢谢你。”

“嗨呀，谁让我是你二哥。”

黎米樾就差没把尾巴翘上天，他乐观地想，照这个速度下去，乐优昙很快就能重新信任他了。

晚上，黎米樾回家去赶研究生论文的开题报告，留下黎米笙在医院里陪床照顾。

记挂着梁婶跟他说过的情况，黎米笙半夜并没有睡实沉。

果然，半夜三点多，黎米笙迷迷糊糊中听到一阵低微的抽泣声，他迅速从睡梦中抽离出来，伸手点亮床头的小夜灯。

小夜灯的光照范围有限，不过足够黎米笙看清病房内的情况。

乐优昙屈膝坐在病床上，双手抱膝，用床上的被子罩着头，像是搭了一个庇护所。因为怕被黎米笙看到脸上铺满的泪痕，她此刻死死地把脸埋在臂弯里，整个人还哭得一抽一抽的。

黎米笙揉了把脸，把自责和歉疚都遮掩住。

他坐在病床边，温热的手掌隔着被子一下一下拍抚乐优昙的背部，试图缓解她的情绪。

过了一会儿，看她抽噎得没那么厉害，黎米笙终于开口问："怎么了？做噩梦了？"

乐优昙仍然把头埋着不让黎米笙看到，她摇头，又点头，意识到这样子说不明白意思，于是带着鼻音说："像是做了噩梦，我很害怕，但每次醒过来，我都不记得了。"

闻言，黎米笙拍背的动作顿住，四周仿佛被抽干了空气，他整个人闷得快要窒息，耗空氧气的窒息感让他心脏绞痛。

乐优昙尝试着回忆噩梦的具体内容，可只要她一用力，恐慌、惊吓、悲伤等等负面情绪就会轻而易举击垮她。

她哭得全身止不住地颤抖，黎米笙见状赶紧隔着被子把她紧紧抱在怀里，轻声安抚：“不用去回想你到底梦见了什么。小芸，你现在很安全，我们都陪在你身边。你是安全的，不要害怕。”

在黎米笙不断重复告知她是安全的声音中，乐优昙逐渐放下戒备，终于敢相信自己不会再受到伤害，不再恐惧睡过去之后是不是还会遇到让自己害怕的梦。

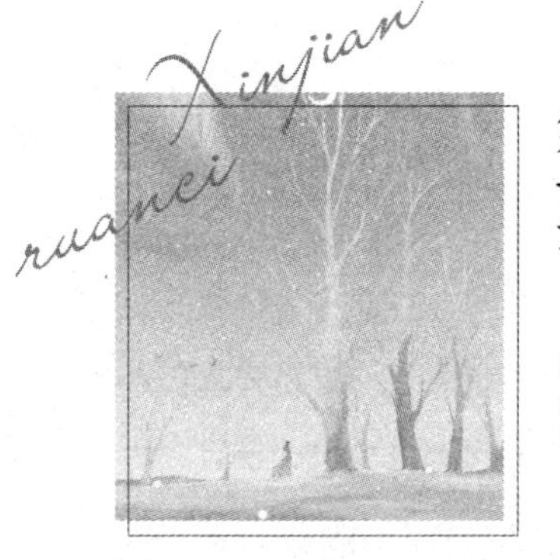

第七章 / 新生活

1

次日，舟曲市国际机场。

到达大厅内声音嘈杂，齐程落后黎振海半个身位，稍微张开手臂，在黎振海身后围成小半个包围圈，防止周围旅客因为步履匆忙而出现冲撞情况。

黎振海一言不发，嘴角下垂，拐棍拄在地面上狠劲十足，像是在借机发泄怒火。

机场门口，来接他们的司机已经将车停在出口，黎振海的工作助理恭敬地站在后车位外。黎振海眼皮都没抬一下，低头坐进车里，助理见状暗自提起心，力求更加谨言慎行，不引火烧身。

黎振海靠着椅背，长长地叹了一口气。

良久，他才问："今天还没去公司？"

没有指名道姓，但足够让副驾上的助理明白董事长在问谁。

他回头，恭恭敬敬地回答："是的，董事长。黎总今天没有来公司，但他远程办公，有需要签字的文件由陈助理统一收齐，然后给黎总送过去，没有耽误进度。"

猜到董事长会有这么一问，工作助理把早已润色过的回答尽量简短地说出来。

董事长为人严格，公司的事情是他心中的第一位。

黎总经理两天没出现在公司，特别是昨天下午的高管会议黎总是视频参与的，让董事长非常生气。

黎振海没有示意，继而问齐程："他现在在哪里？"

"米笙少爷还在医院住院部。"

"不知所谓！"黎振海马上吩咐，"去医院。"

乐优昙今天可以出院了。

她的外伤已经好得七七八八，有黎家两兄弟的陪伴，情绪也比之前稳定很多，日常生活没有什么大的影响。

上午医生来查完房，就说接下去可以在家休养。每天负责给

乐优昙换药的护士算是能得到乐优昙微笑的熟人，代表医护人员送了一束鲜花给乐优昙。

黎米樾通宵达旦地写完开题报告，上午早早地去交给教授后，顺便到食堂买了三份早餐，又迅速地来到医院。一大早上，就已经差不多绕城转了一大圈。

“早上好，哪位是黎米芸小姐，请签收一下你英俊帅气的二哥和他为你买来的早餐。”黎米樾提起手上的早餐袋子，试图引起屋内其他两人的注意。

一分钟以后。

“喂，大哥大姐，能不能给一点点面子？没人理我，很尴尬呢。”

乐优昙正盘腿坐在地毯上收拾箱子，很人道地抽时间搭理他，说：“但凡你再早两三分钟，正好就能在门口遇到回收早餐餐具的护工阿姨。”

“可是我从学校食堂买了你喜欢吃的咸豆腐脑啊，还有你以前说好好吃的蛋饼。”

“刚吃饱的我无欲无求。”乐优昙特地站起来掂量了下饭量，确定她吃不动了才拒绝，并起身进里间继续收拾东西。

“行，我自己吃，”黎米樾坐到黎米笙旁边，“哥，还吃吗？”

“你自己吃。”黎米笙专注地看着手上的报表。

“好嘞。”黎米樾的早餐推销事业再次受挫。

他吃着鸡蛋饼，凑近核对黎米笙手里的报表，说：“哟，上个季度就盈利了这么多啊。”

他端着豆腐脑喝了一口，但运气背，被呛住了，连带着下一句“这个净资产收益率跟黎氏的一比，老头子还有什么底气每天盯着你继承家业”也一并堵在了喉咙里。

黎米笙收起财务报表，给傻弟弟顺背。

“还好我这碗没放辣椒。”好不容易顺完气，黎米樾硬是找出一点安慰自己运气好的话来。

余光注意到病房门口有人，黎米樾扭头看过去，差点又被呛到。

刚想说的老头子怎么就来了？这人真的很不经念叨。

黎米樾笑得亲切，端起手中的豆腐脑，问黎振海：“爷爷，想念中餐了吗？要不要来碗豆腐脑？”

意料之中的，黎米樾顺利得到来自黎振海的一记白眼。

黎振海冷哼出声，拐杖拄在地板上咚咚直响。

黎米樾开口：“爷爷，好歹也是咱自己的医院，您老就不能心疼着点地板吗？”

黎振海无动于衷，浑身散发着“我不差这点钱”的气息，坐在黎米笙旁边的单人沙发里，然后说：“怎么，见我没话说？

知道自己错了，所以心虚？”

黎米笙诧异道：“我做错什么？”

“哼！昨天的高管会议为什么没去？”

“我远程参加了，爷爷。”

“所有人都到了，就你一个人没在现场，难免会让人觉得你怠慢了他们。”

黎米笙不置可否：“行，那我下次改正。”

黎振海并不是想讨论这个问题，说：“还有，既然乐……”

“爷爷！”黎米笙出口打断爷爷还未说完的话，“其他的事情我想我们可以去外面说。”

他害怕黎振海说出的话被乐优昙听到，让她本来就脆弱的情绪又受到影响。

知道黎米笙是故意打断自己，黎振海更加气愤，他没想到黎米笙会为了一个不相干的女孩子而忤逆他，更没想到她居然对他看好的继承人有这么大的影响力！

黎振海气得呼吸急促，站在门口等待随时召唤的齐程看到被吓了一跳，马上熟练地取出一片降压药，倒在黎振海手里，端过温水给他送服。

黎米笙坐到沙发的扶手上，给黎振海顺气，说：“爷爷，别激动，别生气，气大伤身。”

“还不是因为你们！”黎振海推开黎米笙的手，站起来，“从小我就对你寄予很大希望，你是我们黎氏未来的掌舵者，我不允许我的孙子因为别人而影响到他以后要走的路。我希望我的孙子没有软肋，要以事业为重，带领黎氏走上更高一层。你看看你现在怎么回事？公司不去我不说你，你们年轻人现在喜欢远程办公。但是你问问你自己，你把我们家企业放在什么位置？”他越说声音越大，觉得自己完全感受不到黎米笙对黎氏的感情。

黎米笙说：“爷爷，你不能用你的标准去要求别人。每个人的想法不同，追求不同，我有我自己的想法和事业规划，我只能向你保证，我会好好地替你打理黎氏。”

黎米樾跟着附和：“爷爷，你比我那些女朋友爱看的霸道总裁小说里的霸道总裁还要霸道。小说里的霸总还只是要求女主角不要离开他，你怎么连我哥的想法都要控制啊？”

他像是在说绕口令，又怕继续说下去会气死老头子，忍住没把“那你跟黎氏一起长命百岁不相离好了”给说出来。

黎振海颤着手，指着这两个让他不省心的兔崽子。

他强硬惯了，冷冷地说：“我对你们两人的期望很大，尤其是你，米笙，你是我的全部心血。如果有其他人会影响到你，我当初怎么让她到你们面前来的，现在也会同样怎么带走她！”

“爷爷。”黎米笙压抑着怒气，盯着已经比自己矮半个头的

爷爷。

爷爷还是这样子，古板、严肃，永远要求他们做到最好，所有事情在爷爷眼里只有有用跟没用。

他高高在上，所有人都在他的掌控之中，他却忘记了他会老，而米笙跟米樾会长大，会脱离他的控制。

黎米笙斩钉截铁地说："我不会让五年前的事情再发生一次。"

剑拔弩张的氛围让在场的人都有些紧张。

里面的房间传来"嘭"的一声，是玻璃瓶碎在了地上的声音。

黎米笙脸色微变，率先跑进房间，只见窗边一个单薄的身影抱着头蹲在地上。她浑身颤抖，害怕至极。在她周围是裂了一地的玻璃花瓶碎片。

好在人没事。黎米笙稍微放下心，走过去，拉着乐优昙起来。

乐优昙手心冰凉，任黎米笙拉着她，眼泪早已爬上她莹白的脸颊，一副被吓坏了的模样。

明明几分钟前还准备出院，心情颇好地在收拾行李，怎么突然之间就像是被什么惊惧到?

黎米笙还没来得及问清楚，黎米樾和黎振海也进了里间。乐优昙听到响动，害怕地上前一步，扑进黎米笙的怀里。

“怎么了？小芸，别怕，大哥在这里。”他搂住乐优昙，轻拍她的肩膀。

站在门口的黎振海听到黎米笙还执迷不悟地叫乐优昙“小芸”，顿时气不打一处来。

“小芸？谁是小芸？”黎振海生气地用拐杖连砸地板好几下，“黎米笙，我看你是昏了头！”

“爷爷！你能不能别捣乱了！”黎米樾忍不住提高音量，果断地阻止黎振海再说下去。

今天被第二次打断的黎振海吹胡子瞪眼，目光死死地盯着乐优昙。他怎么也没想到，当初的一个试金石，现在却梗在他与两个孙子之间。

察觉到落在自己身上的眼神不善，乐优昙打了一个冷战。

刚才她听到外面黎爷爷的声音，止不住地害怕，因为她能清楚地察觉到他话里话外对自己的恶意。她用力地用指节抵着隐隐抽痛的太阳穴，额间因疼痛而沁出细细密密的冷汗。

见状，黎米笙让黎米樾按下床头的呼叫键，一时之间，两个人都把注意力放在面色苍白的乐优昙身上。

齐程很懂得看形势，董事长在这里已经很不受待见，要是没有台阶下就会很尴尬。

他站出来提醒："董事长，我们还得去公司。"

黎振海头也不回地转身，说："走。我也不想再看见这两个小兔崽子。"

黎振海一行人出去后，医生健步如飞地冲进来，经过一番详细的询问和检查，还是诊断为可以出院。

黎米笙兄弟俩认为，这次乐优昙的情绪崩溃可能是因为爷爷。爷爷曾经帮了乐景明和乐优昙，在她心中爷爷是慈祥和蔼的老人，而今天爷爷态度严肃、语气严厉，很不好接近的样子，面对不假辞色的爷爷，乐优昙本能地害怕。

2

为避免黎振海和乐优昙碰面，出院之后，他们没有回到黎家别墅，而是去了市中心的一个小区。

小区已经有二十多年的历史了，虽然基础设施老旧，但地理位置绝佳。

当年黎父黎思齐没有跟黎振海挑中的富家女孩联姻，而是看上了普通人家的姑娘程锦，他们的婚姻自然遭到了黎振海的强烈反对。黎思齐索性就直接在外面买了一套房子，搬出了黎家。直到后来黎米笙的出生，才让黎振海勉强接受了程锦这个儿媳妇，他们又住进了黎家别墅。

黎思齐去世后，程锦偶尔会带着黎米芸回来小住几天，这里算是她们躲避黎振海这个大长辈的一个避风港。

“小笙，小樾，小芸，你们回来啦。”

进小区后，三人碰到了好几拨认识他们的邻居奶奶和阿姨。

黎米笙和黎米樾起先注意着适当地隔开乐优昙和热情邻居们的距离，可是后来发现，乐优昙并不排斥她们的熟络。

多让她接触人群，也是医嘱。他们也就没有那么着急回家。

“哎，小芸怎么瘦了这么多？”住在他们楼下的张奶奶关心乐优昙，叮嘱两个哥哥，“现在的小姑娘都喜欢减肥，不要随她们自己，太瘦了对身体不好。”

黎米樾笑得人畜无害，应道：“好的，张奶奶。谢谢您关心我们家小芸。”

“小芸高三了吧？成绩怎么样？复习得好不好啊？”

乐优昙只是点头，不说话。

有些阿姨趁机打听黎米笙和黎米樾，月老的雷达根植在她们心中。

“小笙、小樾，有女朋友了吗？阿姨给你们介绍一个怎

么样？”

“小樾开始工作了没？小笙现在在做什么工作啊？”

眼看问题越来越多，黎米笙终于借着“我们还没有吃午饭”的理由，从一堆热情的邻居中带着弟弟妹妹成功脱身。

虽然不常住，但一直有钟点工定时上门清扫，房子里还算干净整洁。

午饭是黎米笙参考张奶奶说的话，特地打电话让梁婶从黎家送来的口味清淡的养生餐，吃得黎米樾和乐优昙几乎要流泪。

乐优昙问：“大哥，下次点餐能不能让二哥来？”

黎米樾跟她口味相同，都喜欢重口味。

“我愿意做个点餐的机器人。”黎米樾声援。

“驳回。”黎米樾冷冷地回道，还舀了一碗鸡汤给乐优昙。

“我吃饱了。”乐优昙并不是很想喝。

黎米笙说：“填填缝儿。”

乐优昙愣住了，她怀疑这是在把她当猪养。

乐优昙无奈地接过汤碗，小口小口地喝着。这时，放在桌上的手机恰好振动，她之前的手机不知道丢哪儿了，这是在医院的时候，黎米笙让助理新买的，补办了电话卡进去。

她眼睛一亮，借着接电话的动作，放下鸡汤。

是关心她什么时候回去上课的同桌打来的。

“听老师说你生病了？”同桌叽叽喳喳格外有活力的声音在电话一接通就传过来，“你好点了吗？我去看望一下你？”

乐优昙被温暖了一下，说：“别啦，我都出院了。”

“那就好。那你什么时候回来上课啊？”同桌的语气开始幸灾乐祸，“我跟你说一件很恐怖的事情，你桌子上的试卷已经快有半个人那么高了！回来你能直接埋在试卷里。”

“哈？”乐优昙张大嘴巴，“我不信老师们能那么狠得下心。”

“我给你发照片过去了，你感受下知识的厚度。”

黎米芸听话地点开微信，认真地欣赏完同桌发来的照片，回复一句“我谢谢您”，并附上一个奄奄一息的表情。

“所以你什么时候回来上课啊？我们班长已经来问过我好几次了。”

“班长干吗来问你好几次？有什么事需要我帮忙吗？”

同桌想替班长落泪，假模假样地控诉：“不会吧，班长很明显喜欢你啊。”

“你开玩笑的吧！班长怎么可能喜欢我？”

乐优昙的这句话成功引起餐桌旁另外两位男士的注意。

同桌说：“全班都知道，只有你这个当事人不知道。”

"哦，我也许下周或者下下周回去。再说吧，反正也都是复习阶段，我在家看书也一样。"

"好吧，那我继续过着孤家寡人的日子去了。"

收好手机，乐优昙感受到了两道探究的目光。

黎米笙若有所思道："我差点忘记你现在是高三。"

乐优昙说："我也快忘记了。"

黎米笙想到了学籍的问题。

乐优昙一直是以黎米芸的身份上学的，现在既然已经知道她是乐优昙，而且这件事也传开了，那现在她便不能以黎米芸的身份参加高考。

他把这件事情记在心上，表面平静地说："原本还想庆祝你出院，下午带你去游乐园玩的。那我们下午就在家，我给你复习理科科目好了。"

不应该是这样的。

乐优昙眼角下垂，嘀咕："大哥，我如果不是高三学生，就能改变我今天出院的事实了吗？"她撒娇，"我这段时间心情不好，我觉得去完游乐园，能高兴一半了。"

黎米樾笑着接话："那怎么才能让你的另一半也高兴起来？"

"给我吃炸鸡、薯条、肉蟹煲、麻辣烫、螺蛳粉、四川火锅、过桥米线……”

黎米樾跟黎米笙说：“大哥，就让她变成‘忧郁小黎’吧。”

乐优昙朝黎米樾挥拳头，哼道：“信不信我让你变成‘孤立小黎’？”

最后，黎米笙欣然答应了乐优昙的申请，只不过，今天去了游乐园，以后的时间就都归高三复习所有了。

黎米樾因为昨晚通宵，已经困得不想动弹。饭毕，他去卧室睡觉了，黎米笙牵着乐优昙去游乐园。

虽然今天是工作日，但是游乐园里的游客数量并没有比周末少。

黎米笙英俊的外表吸引了很多来往游客的目光，但一看到他牵着乐优昙的手，就没有人过来问他要微信了。

乐优昙落后他半个身位，属于被他牵着走的状态。

她一直盯着两个人互相握着的手，虽然有点奇怪，但掌心传递过来的温度，让她在这个人流如织的地方感到安心。

黎米笙回头观察乐优昙的状态，担心她害怕出现在人群中，不料发现乐优昙又在走神。

“在想什么？”黎米笙看着她，还晃荡了一下两人相握的手。

乐优昙抬头盯着他，呆呆愣愣的，眼睛眨了好几次后，她

手指向路边不远处排着长队的奶茶车，说：“队伍排得那么长，不知道里面卖的奶茶好不好喝。”

怕他不信，她还加了一句：“填填缝儿。”

黎米笙很好说话，带着乐优昙去排队买奶茶。

等他们点完单，她身后的衣服下摆被人拉了拉。

乐优昙转过头，看到两个并排站着的、手拉着手的小萝卜头，一个男孩，一个女孩，长得可可爱爱的，让人很想捏一把。

小男孩胖乎乎的，很有礼貌道：“漂亮姐姐，你能不能帮我点一下？”

乐优昙看他踮脚也够不到点单台，点点头，问：“你要点什么？”

“小雪花想喝图片上面的第三个。”小男孩说。

他身边的小雪花点头：“嗯，还要加椰果跟波霸。”

乐优昙问：“点两杯吗？”

“一杯。”

“你不喝？”

“我们男人不喜欢喝奶茶，”小男孩骄傲地挺起胸脯，还朝同是男人阵营的黎米笙搭话，“大哥哥你也不喝对不对？我刚听到你们也只点了一杯。”

乐优昙说：“是我不喜欢喝，给这个大哥哥点的。”

小男孩难以置信地瞪大眼睛。

不想耽误队伍后面的人，乐优昙按照要求给小男孩点了单。

付款时，小男孩趴在乐优昙旁边的玻璃吧台外，踮高脚伸直手，努力想让店老板看到他戴着的电话手表，说道：“我来付钱！”

见状，队伍中时不时有人憋不住地笑出声。

小男孩脸都憋红了，还是离老板放在点单台上的扫码仪器很遥远。

乐优昙看够了好戏：“不用了，姐姐帮你付。姐姐请小雪花喝奶茶。”

“不！”小男孩很坚持，“我要自己付。”他双手张开，“姐姐，你抱我起来。”

乐优昙退后一步，看着他的体形，心想我觉得你在为难我。

一旁的黎米笙走上来单手将小男孩抱起来，让小男孩立时体验到坐直升梯的快乐。

小男孩用电话手表付完钱，黎米笙干脆把他抱到取餐的地方才放下来，取餐也要等一段时间。

小雪花被乐优昙牵过来，眼睛忽闪忽闪，小脸红扑扑的，走到黎米笙面前，仰头看他：“大哥哥，你能不能也抱一下我？”

这句话让这个临时队伍里的另两个人都侧头看过来。

乐优昙腹诽，黎米笙不愧是女性杀手。

小男孩反应过来，一把抱着小雪花，喊：“不可以！我会生气的！”

“我差点以为在看电视剧。”乐优昙跟黎米笙吐槽。

黎米笙笑着重新握住乐优昙的手腕。

小雪花道：“可是，我也想举高高啊。”

小男孩说：“他是男孩子，你是女孩子，不可以抱。”他为了证明自己是对的，立刻举例子，“我刚才让大姐姐抱我，大哥哥就不让她抱，自己来抱我了。”

小雪花恍然大悟道：“哦，我知道了。”

乐优昙有点蒙，说：“什么你们就知道了？我不抱你是因为你太重，我抱不动好不好。”

说到体重问题，要面子的小男孩捂起耳朵，说：“我不听我不听丑八怪念王八经。”

这什么乱七八糟的，居然还挺顺口。

乐优昙放弃跟熊孩子解释清楚这件事，她转移话题：“你们爸爸妈妈呢？”

“在那边。”

乐优昙顺着小男孩指的方向看过去，果然有两对年轻的父母，正远远地看着他们，看到他们指过去，还冲这边招了招手。

取奶茶的过程中，有好多路过的人手里拿着最近很流行的发光气球。乐优昙和小雪花审美一致，盯着看了好几回。

黎米笙问："你喜欢这种气球？"

乐优昙点头，比起没有新鲜感的其他普通气球，这种又新鲜又美观，是喜欢的。

然后，黎米笙拦下了一个流动小摊贩，买下了他所有已经充好气的发光气球。黎米笙将一把气球的丝线缠在乐优昙的手腕上系好，又拿了一个单独的气球送给小雪花。

别说，还挺好看。

乐优昙经常在网上刷到好多人在游乐场的城堡前面，拉着一大簇气球拍照。每张照片都特别好看，好看到乐优昙有种错觉，只要拿着很多气球，就必须要在城堡前面拍张照，要不然都是浪费。

小雪花开心道："哇，好好看！姐姐，你男朋友真好。"

小男孩底气不足地说："是大哥哥把气球买光了，要不然我也会去给你买好多的。"

乐优昙解释："我们是哥哥和妹妹。"

她拿出一只气球，递给小男孩，说："喏，也给你一个。"

这回，小男孩接受了她的礼物。

取了奶茶，分别之前，小男孩郑重地介绍了自己：“姐姐，我叫小柠檬。”

乐优昙吸了口芝士莓莓热奶茶，随口一问：“因为你酸吗？”

小柠檬歪着脑袋：“是啊，我喜欢吃酸的，而且我妈妈说我在她肚子里的时候，她也很喜欢吃酸的。”

“哦，难怪你不喝奶茶。”

小柠檬见奶茶在乐优昙手中，立马道：“你看，我就说我们男人都不喝甜腻腻的奶茶。”

小孩子的记忆力真好，乐优昙都快忘记刚才她瞎编的谎话了。

为了打击小柠檬喜欢乱代表某一群体的坏习惯，乐优昙面不改色地把奶茶放进黎米笙手里。

她皱了皱眉头，装出一副嫌弃的样子，说：“好甜，好难喝！”

呜呜呜，真的好好喝！早知道就点两杯了！

小柠檬很有求是精神地看向黎米笙。

黎米笙从容淡定，喝了一口又一口，言简意赅：“好喝。”

如果他眼睛里少一点点嫌弃就更像真的了。

玩项目的时候，乐优昙连玩了什么都不记得。她心心念念绝美的第一口奶茶，唯一的才是最好的。

黎米笙见她执念好大，提议再排一次队伍。

乐优昙又不乐意了，说："奶茶值得，排队不值得，我很理智的。"

3

从游乐园回来的第二天，黎米笙说到做到，督促乐优昙复习。

乐优昙有苦说不出，她这次根本不能参加高考呀，学籍上的名字是黎米芸。

不过转念一想，这次不能考，以后她还是可以参加高考的。

振德中学的师资力量雄厚，老师给的复习试卷都是自己出的题目，每年外面还有人高价买振德中学的复习试卷。

于是，她拜托同桌帮忙整理好发下来的试卷，她到时候叫人去拿。

同桌很热心地说要给她送过来，并且代表同学们来慰问一下因为生病而好久不见的她。

周六下午，乐优昙盘腿坐在地毯上，抱着一本《天利 38 套》在刷题。

为了让乐优昙感受到学习这条路她走得并不孤单，黎米笙强制性地要求在网上冲浪为论文增加论证资料的黎米樾也加入进来。

于是一个人对着书，一个人对着电脑，彼此安静地共同为学习事业添砖加瓦。

而黎米笙，因为乐优昙问他的数学题被他用高数求解成功之后，他已经失去了为她答疑解难的权利，毕竟她还是高中生，不懂高数这么深奥的东西。如今，他独自坐在餐桌上加班办公。

门被敲响，黎米笙起身去开门。再进来时，他的身后跟着乐优昙的同桌和班长。他们穿着校服，背着书包，班长的手里还拎了一个大果篮，显然是学校刚放学他们就来了。

同桌特别兴奋，但碍于乐优昙的两个哥哥在，百般克制住自己的表情。而班长，看上去有点局促。

黎米笙和黎米樾帮忙把茶水和招待客人的水果零食端出来之后，才回了各自的房间，把客厅让出来给乐优昙。

这种感觉很新鲜。

乐优昙从小到大都没有邀请过朋友来家里玩。

小时候是没朋友，大了之后是因为黎家不是自己的家。

班长把果篮放在茶几上，很公事公办地说：“黎米芸同学，我代表我们全班同学来看你。希望你早日康复，回到我们这个大家庭来。这个果篮是从班费里出钱买的，算是我们大家的一点心意。”

他越说耳朵越红，手指不安地揉搓着上衣下摆。

虽然措辞很官方，但乐优昙还是有被感动到，说：“谢谢你，班长。”

等官方辞令说完，班长同学就被黎米芸的同桌挤到了角落。

同桌从书包里把另一份礼物也拿出来了——厚厚的一摞试卷。

“全在这里了，这也是老师们对你的爱。好好收下吧。”

乐优昙叹了口气，说：“高三好累。”

同桌说完正事立刻开始八卦：“小芸，我要第无数次夸一遍，你两个哥哥真的好帅！好羡慕你！你认为我怎么样？请问我有机会当你嫂子吗？”

乐优昙做出一副认真审视的样子，把同桌看得有点毛毛的。

“嗯，我说了不算啊。我都不知道我哥喜欢什么样的，”她表明自己的态度，“但我肯定会支持你一票的。”

“算了，‘同桌哥，不可戏’，我还是热爱学习吧。我还以为这次看你可以去你家的大别墅。”

乐优昙含糊其词：“我和我哥最近都住在这里。”

闲聊了几分钟，两人起身告辞，准备回家。

黎米笙恰巧从房间里出来，陪乐优昙把两位同学送到楼下，门口已经有他安排好的司机。

上楼回家，黎米樾也已经回到客厅。他满脸好奇：“刚才那个就是喜欢你的班长？”

黎米笙一起八卦：“我也想知道。”

“我不清楚啊，只是我同桌这么说的，说不定是她搞错了。你们干吗这么八卦？”

黎米樾说：“好奇啊，看看是什么样的男生喜欢你。”他准备跟乐优昙聊一个“走心局”，“你哥哥我谈过那么多次恋爱，经验很多，可以帮你看一看。”

黎米樾被黎米笙不留情面地拍了一下脑袋，教训道：“带坏孩子。”

乐优昙努力证明自己，说：“我爱学习，学习使我快乐！”

黎米樾：“……”

不是大哥你让问的吗？

黎米樾很委屈。

黎振海自从那天从医院回去之后就有一种危机感，和当年黎思齐回家说要娶程锦的危机感一模一样。

他思来想去，决定先下手为强，给黎米笙相亲，黎米笙成家后，应该会收心立业了吧。

于是，黎米笙在周五的下午，收到黎振海的短信，说他心脏不太舒服，晚上六点有个重要的饭局，希望黎米笙能够替他去一下，后面附上一个地址。

黎米笙本来不想去，但看到饭局的地址就在上次带乐优昙去的那家游乐园附近，就答应了。

乐优昙这几天在努力攻克那座“试卷大山”，并且，她热心的同桌说她的课桌上又有新的一沓试卷了，她说自己快要被这子子孙孙无穷尽的试卷压垮了。

上次她对那家游乐园的奶茶心心念念，今天饭局要是无聊，他就早点出来给她买奶茶。

晚上六点，黎米笙准时出现在酒店餐厅门口，侍应生听到他的名字后将他引到一个小包厢内，里面只坐了一位二十岁出头的女生。

黎米笙立刻明白黎振海是在打什么主意。

女生见到他，笑容落落大方，站起身迎接，说：“你好，我

是林冉，家父是林海海业的林徐峰。”

黎米笙礼节性地握手，说：“你好，黎米笙。”他很直接地解释，“虽然有点唐突和不礼貌，但我还是有必要说明一下。我目前没有要相亲的意思，我爷爷那边可能有点误会。”

黎米笙感觉对方的笑容更加真诚了。

紧接着，林冉也说：“太好了。其实我是有男朋友的，但我爸妈对我男朋友不太满意，今天的相亲是他们要求我来的，还要求待够一个小时的时间。”

黎米笙看了眼手表，说：“既然我们说清楚了，那我就先走了。林小姐，你正好可以让你男朋友来跟你一起用餐。”

“好，那再见。”

黎米笙大步走出酒店，穿过马路，往斜对面的游乐园走去。

而与他擦肩而过的一个五官硬朗的男人，正冲着酒店二楼的一个玻璃窗挥手，确认两边没有行车，几步小跑进入酒店。

奶茶店门口依旧排着一条很长的队伍，黎米笙以为天黑了排队的人就会少一点的侥幸心理彻底落空。他长身玉立，西装革履，排在奶茶队伍里看起来很突兀。这时，手机里收到乐优昙的微信。

“大哥，你晚上什么时候回来？记得开车不喝酒，喝酒不开车。”

“九点前。没喝酒。”

“好，我和二哥在家等你。”

很烟火气的对话，平常的小事，却让人感觉很温暖。

排在他前面的两个小女生在发现后面站着一个大帅哥后，站位变成了侧着身，用余光偷瞄他。原本还借着近水楼台的优越地理位置想问帅哥要个微信号，但看到他嘴角带笑地发微信后，果断歇了心思。

一看就知道是有家属的人了。

一小时后，林冉挽着男朋友离开酒店。

等红灯的间隙，她看到她今天的相亲对象拎着一杯外带的奶茶从游乐园里出来。

看样子，奶茶是给别人带的。

买奶茶排了一个小时队，应该是送给对他来说很重要的人吧。

黎米笙说过的话一般是八九不离十的。

晚上九点不到，乐优昙捧着奶茶吸溜，幸福得感觉自己能“垂死病中惊坐起，原地再刷三套题”。

被差别对待的黎米樾控诉大哥的不公平：“家里有两个人，请问你为什么只带了一杯奶茶回来？”

“已知我们是三兄妹，你是大哥，那么你有几个弟弟妹妹？”

“排行在中间的那个孩子注定是被人忽视的小可怜吗？”

连续三个问题让黎米笙不得不解释：“带她去游乐园那天，小芸念了好几遍，我才记得的。”

“那你为什么不多带一杯回来给我？”

“我没想到你也喜欢喝奶茶，平时没见你喝过。”

“可也不能说明我不喜欢奶茶啊。你可以买两杯回来，我不喜欢就都给小芸喝。”

黎米笙耐心告罄，不再安慰他，直接说道：“那就是我根本没想起你。”

黎米樾生气地转身去对付乐优昙，要抢她的奶茶喝。

乐优昙没想到会殃及到她这条小池鱼，真情实感地抱怨：“黎米樾，你好幼稚！”

两人绕着客厅玩起了你追我赶的争夺战。

看不下去的黎米笙伸手用臂弯钩住专心追人的黎米樾，遏制住他“命运的喉咙”后，将他拖进了房间。

两个人在一起太闹腾了。

乐优昙终于停下来，喘着气冲黎米樾挥手。

在他们进入房间后，她脸上的笑容瞬间消失。

为什么明知道她不是黎米芸还对她这么好？

他们到底在想什么？

明明被伤过一次，可她还是控制不住被感动。

她轻轻拍打脸颊，告诉自己：别相信，别动摇，不要再犯同样的错了。

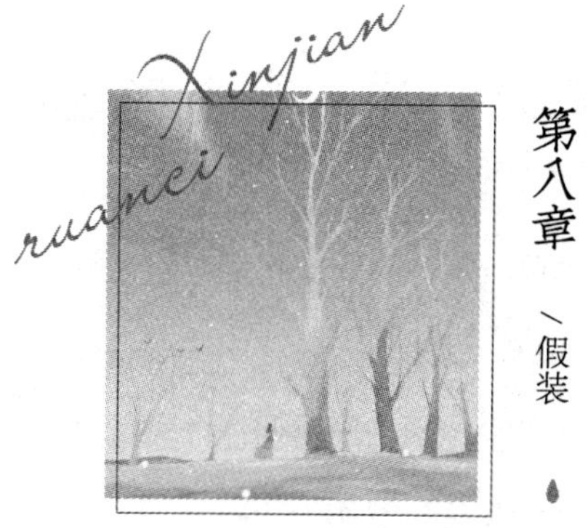

第八章 / 假装

1

如果问乐优昙，最喜欢什么时候跟黎米樾在一起。

那应该就是吃饭的时候了。

黎米樾的狐朋狗友很多，哪里有好吃的好玩的，他都是第一时间就知道了，而且黎米樾跟她喜欢吃的东西相差不大，都是年轻人口味，特别合得来。

上午，黎米笙公司有事情，一大早就走了，轮到黎米樾带乐优昙去医院做复查。其实也查不出什么毛病来，乐优昙自我感觉都挺好。

从医院回来，黎米樾在高架桥上多走了一个路口，无奈地只能在下个路口下高架。

很巧的是，黎米樾的微信群里，刚好有人正在推荐附近的一家川味火锅店。

两个人互相交换眼色，二话不说，立刻照着地址导航过去。

不过乐优昙没想到的是，她会在这里遇到一个熟人。

大概是天气转冷的原因，火锅店内顾客爆满。

在平板电脑上点完菜，趁着等上菜的工夫，乐优昙跟着黎米樾一起去调料区拿调料。老远她就看到调料区那边，有个胖墩墩的小朋友，踩在调料台的底座上，竭尽全力伸直手，想要去够最上面一层的妙脆角，是连手指尖都在用力的那种努力。

这么感人的画面似曾相识，乐优昙自然而然地喊道：“小柠檬。”

小男孩回过头，看见是乐优昙，中断了对妙脆角誓不罢休的执念，小跑过来打招呼。

“漂亮姐姐，”小柠檬仰着头仔细地看了看黎米樾，不解地大声问，“漂亮姐姐，你又换了一个男朋友吗？”

小孩子声音清脆，穿透力强，一时之间，调料台附近的人都在关注他们这边的动态，竖起耳朵等待故事下文。

成为视线焦点的乐优昙无语——小孩的嘴，造谣的鬼。什么叫“又”？自己根本没有男朋友好吗？

感受到周围人落在身上的打量目光，乐优昙故意调高音量：“这是我二哥。”

小柠檬点点头，说：“哦，吓死我了，我还以为你不要上次的大哥哥了。大哥哥是个好男朋友，虽然也就比我差一点点。”

“小雪花呢？”

“在位置上和我爸爸妈妈一起等我拿东西过去。”说到这里，小柠檬才记起自己最需要做什么。

他又扯了扯乐优昙的衣服：“姐姐，你能帮我拿一点点妙脆角吗？小雪花想吃。”

乐优昙承认，她已经开始羡慕小雪花能拥有一个这么贴心的朋友了。

她装了满满一盘妙脆角，让小柠檬端走，并慷他人之慨，告诉他还有很多，想吃再来找她。

小柠檬很不见外，还说等下要带小雪花来找他们玩。

等吃得七八分饱的时候，乐优昙看到小柠檬带着小雪花兴冲冲地跑来。她干脆放下筷子，陪小柠檬和小雪花聊天。

小雪花很喜欢上次送她发光气球的大哥哥，打完招呼之后马上问：“上次的大哥哥呢？姐姐你不喜欢他了吗？”一副忧心忡忡的样子。

“没有，今天他有事情没有来。”乐优昙强调，“小雪花啊，上次的大哥哥是我大哥，这次的哥哥是我二哥。”

乐优昙解释得很清楚了，但很遗憾，两个主要听众去找黎米樾说话了。

“哥哥，你喜欢喝奶茶吗？”小柠檬对这个问题很执着，很不见外地把黎米樾纳入新的探讨范围中。

黎米樾想到被区别对待的那杯奶茶，点点头：“还挺喜欢。”

他有来有往，反问小柠檬：“你觉得上次的大哥哥做男朋友比较好，还是我做男朋友比较好？”

小柠檬皱眉，心道：就说这是漂亮姐姐的新男朋友吧，不然哥哥怎么会问这样的问题！

小柠檬诚实地说：“我更喜欢上一次的哥哥。”

“为什么？”黎米樾好奇自己输在哪里。

“你一直给自己夹吃的，都没有给漂亮姐姐吃。”小柠檬标准严格，还拉高踩低，“上次大哥哥还花了所有的钱，买完了气球送给漂亮姐姐。”

小雪花很是赞同地点了点头。

黎米樾愣住了。

他跟小孩子，还是有代沟的。

有两个小朋友的童言稚语，这顿饭最后吃得很热闹。

他们的家长吃完饭后把出来社交的两个小朋友带回去，乐优昙也和黎米樾一起回了家。

“我感觉我就是一个移动的自热火锅。”

上楼的电梯里，乐优昙拉开了和黎米樾之间的距离，她嫌弃他们身上从头到脚散发的火锅底料味。

“吃之前，火锅好香。吃完之后，我好臭。你真是双标得明明白白。”

乐优昙承认：“同理，还有螺蛳粉。我回去要赶紧洗个澡。”

在电梯到达楼层的前一秒，乐优昙准备好要以百米冲刺的速度回房间洗漱。

电梯门缓缓打开，乐优昙率先跑出去，然后就看到他们家门口等着一个女生。乐优昙停住脚步，等还在电梯轿厢里的黎米樾出来。

女生听到身后的声音，转过身，看到从电梯里走出来的黎米樾，脸上的笑容变得更加灿烂。

“黎学弟，”女生三两句解释了自己站在他们家门口的原因，“教授让我来给你送资料，我敲门发现没人，幸好你回来了。我运气还挺好，没有等很久。”

“麻烦学姐了。”黎米樾收了笑，客套又疏离，“你怎么知道我现在住在这里？”

“上次教授让大家填了一份联络表，你的家庭住址写在这里。教授说我离得比较近，就让我顺路来送一趟。”

其实不是多重要的文献资料需要非送不可，她也不住在这附近，只是刚好听到教授说每人一份，剩下的留给黎米樾。她就谎称她顺路，可以给黎米樾送过去。

教授不知道事情真假，自然就答应了。她算是有了正当理由来找黎米樾，后来旁敲侧击打听黎米樾的住址，还被有些人问那之前说的顺路是怎么个顺路法。

她的司马昭之心，路人皆知。但她不在乎，她喜欢黎米樾，并不是一件想要隐瞒的事情。

乐优昙默不作声地在两个人中间来回巡视，看出目前是“落花有意，流水无情”的状态。

她安静地作壁上观，可炮火马上蔓延到了她身上。

在场的三人都没出声，女生拼命找话题的同时，注意到跟黎

米樾一起回来的乐优昙。

女生看向乐优昙，问黎米樾："这是你的……"

她想问是不是妹妹，但黎米樾也不知道是哪根筋不对，接了话："女朋友。"

乐优昙无语地看向二哥，接收到他请求帮助的眼神，只能当一个被临时女友的工具人。

女生很是意外，脸上的笑容快要维持不住，说："怎么都没有听你说起过。"

"我朋友都知道啊。"黎米樾回答得看似无心，但其实很扎心，一下子就把人推到连朋友都不是的位置上去了。

黎米樾催促："学姐，资料拿给我吧。"

女生低头翻找包里的文件夹的时候，黎米樾接上乐优昙刚出电梯时说的话："你不是要洗澡吗？你先进去洗吧。"

这种极其暧昧，让人能无限遐想的话让人想入非非。

女生把文件夹和两本书交给黎米樾，眼中的哀伤让乐优昙这个局外人看着都觉得肝肠寸断。

黎米樾面不改色地接过，淡定又从容地道谢，并下逐客令："谢谢，我们还有事，就不留你做客了。路上小心。"

女生没有办法，咬咬唇，离开了。

乐优昙不懂黎米樾的套路，以为自己临时女友的戏份可以结束了。

可女生还在等电梯，黎米樾抓住这段时机又上演了最后一出“我对我女朋友”情根深种的戏码。

黎米樾站在家门口，跟乐优昙拉着手，温柔亲昵地问：“晚上哥哥给你做红烧排骨，你吃吗？”

乐优昙满脸问号：你自己什么水平的厨艺你不知道吗？

但她还是硬着头皮答道：“好。”

黎米樾又问：“哥哥对你好不好？”

“好。”

“那你爱不爱哥哥？”

乐优昙此时的表情和声音是不同步的。

她撇嘴不屑，还翻了个白眼，但声音仍然甜蜜：“我好爱你哦，哥哥。”

黎米樾越说越开心，玩心大起，探身在乐优昙面前。从两个人的背后看过去，他们像是在接吻。

女生看得伤心欲绝，想马上消失在这个伤心地。

电梯到达楼层。

非常难过的女生站在电梯口等里面的那个人走出来，却怎么也不会想到，还能收到反转剧一般的惊喜。

黎米笙站在看上去正在专心接吻的那两人身后，阴沉着脸，声音是暴风雨来临前的平静。

“你们在干什么？”

乐优昙听到黎米笙的声音，推走烦人的黎米樾，张口的第一句话就把黎米樾的所有努力都推翻了。

“大哥，我刚跟二哥吃完火锅回来。”

……

看着这反转，女生先是真情实感地欣喜，喜欢的人没有女朋友。可转而就被汹涌的悲伤浪潮淹没，为了打消她的念头，黎米樾都无中生有出来一个女朋友，对她避之不及。这样子好像比他有女朋友更让她难过了。

2

拉着妹妹假扮女友又意外被当场戳穿，这件事情让黎米樾不仅在外人面前丢了人，还关起门被黎米笙教育了一通。好在学姐经此一事放弃了对他的暗恋，后来交了一个不错的男朋友，算是一个好的收尾。

而黎米樾从他的惨淡教训中得出一个结论——乐优昙有时候非常不靠谱。

高三各科的复习资料很多，但乐优昙的习惯很不好。她喜欢坐在客厅的地毯上学习，四周摊着各科教科书、试卷和错题本、参考书……方便她想找资料时随便翻找，找到看完就又扔在一旁。往往一天下来，茶几上、地板上、沙发上就都被她的东西占领。

坐在她旁边写论文的黎米樾，写论文时也要翻找资料，他很注意地把需要的材料放在远离乐优昙的角落。但一个不注意，东西仍然逃不出乐优昙的魔爪，在她找资料时被扒拉到她那边，然后消失在茫茫试卷里。

为此，黎米樾跟她抗议过很多次，最后都是以黎米樾趾高气扬接受乐优昙的道歉结束。

但是今天，乐优昙找不到她的一张数学试卷，她立刻怀疑到了黎米樾的头上。

黎米樾坚持是乐优昙随手乱放给弄丢了。

他斩钉截铁地说："行，我的资料都在这里，你自己翻，翻出你的试卷，我就答应你的任何一个无理要求。不过，你找不出的话，你得听我一次。"

"行。"

"那你翻，我坐在这里看你能翻出什么花儿来。"黎米樾索性让出地方，坐在沙发上，坦荡自信地双手抱胸，等着结果。

"我哪儿都找遍了，只有你这里！"乐优昙挽起袖子，准备

一页一页地找，就不信找不出来。

黎米樾抱着平板电脑看视频，突然注意到乐优昙已经有一段时间没有动静了。他问了一句：“怎么，找完了？找到你的试卷了吗？”

乐优昙依旧背对着他，没有什么反应，就那么枯坐着。

黎米樾好奇了，他放开平板电脑，站起来，看到乐优昙手里拿了一张 A4 纸，说：“你们试卷不会变成 A4 纸了吧？我都跟你说了，我习惯这么好，东西都是放一边的。只有你拿走我的，没有我拿你的。”

他靠近几步，盘腿坐在乐优昙身边，还准备说些什么，定睛一看，那张 A4 纸上面还有乐优昙的一寸照。

黎米樾表情僵住了，瞬间失声。

这张纸是大哥前几天托人弄好的乐优昙的学籍档案复印件，原件已经拿到振德中学去了。当时大哥拿给他看了一眼，他就随手夹在哪里了。现在被乐优昙翻出来，那他要做一些什么反应比较正常？

黎米樾眼珠乱动，慌张得不知道该怎么破解这个尴尬得快要凝固的气氛，索性破罐子破摔：“啊，被你发现了啊。本来大哥也说了，这几天就要给你的。”

乐优昙呆愣在原地，不知道要对这张属于乐优昙的学籍表做什么反应才是正常的。

听到黎米樾这么一说，顿时又加倍地纠结了。

她到底要怎么办？

黎米笙和黎米樾知不知道她的选择性失忆是假的？

他们给她准备的这张学籍表是出于什么目的？让她发现是凑巧还是刻意安排的？

她要怎么做？

一下子要想清楚这么多问题，乐优昙脑子转不过来，就决定先装傻，见招拆招比较好。

黎米樾偷偷地给黎米笙发了两条微信：

“大哥，学籍表被乐优昙发现了，我要怎么办？”

“你快出来！我都不知道要说什么比较好。”

黎米笙回复的是一串省略号。

知道黎米笙看到了消息，黎米樾便放心了，这么复杂的事情等着大哥来解释就好了。

良久，黎米笙从卧室里出来，坐在他们对面。

“这个被你找到了啊，其实一直没想好要怎么跟你说这件事情。”

乐优昙抬起头看向他，想确定他现在说的话的真实性。

“你是假装选择性失忆的吧？”黎米笙用最轻巧的语气，问出最让人惊愕的问题。

乐优昙被问蒙了，不知道该怎么回答才好。

下一秒，她发现不用回答了，因为黎米笙根本不需要她的回复，他完全笃定了事实。

“这件事情起先我没有怀疑，后来我就发现，你根本没有问中间缺少的那段时间你到底发生了什么。就算周围的人为了保护你，不让你重新记起你宁愿遗忘的痛苦，但你本人应该会好奇怎么一下就过去了几个月时间了……”

乐优昙小脸一红，原来她的破绽那么多。这么多天她都像个傻子一样，以为别人不知道，沾沾自喜，演着自以为是的戏。

“还有……”

乐优昙赶紧求饶：“好了好了，我知道了。感谢大哥二哥陪我一起演戏。”

一旁的黎米樾忍不住摸了摸她的头，说：“大哥和我也要谢谢你给我们再来一次的机会。”

话题一下子沉重，乐优昙不禁正色起来，重新面对那段黑暗的经历。

“你知道，面对我爷爷的时候，所有人都可以自觉成为一个同盟。因为他的唯有用论高高在上，轻而易举把人分为他和他以外的人。所以，即便一起生活，我妈妈、我、米樾、米芸就是一个紧密相连的集体，更何况我们是至亲的人。”

说到程锦和黎米芸，黎米笙的眼中多了很多东西，让他变得更真实温暖起来。

“我妈和米芸，对我和米樾的意义很不一样。她们是我们的所有快乐，也是我们对这个世界的眷恋。后来她们出事了，其实我们跟爷爷的裂痕就存在了。因为海难没有找到遗体，我跟米樾迟迟不想去相信失去她们的事实，总是抱着最后那一丝她们也许活在某个地方的希望。

“当知道你不是我们失而复得的妹妹后，确实有种恨意。失去亲人的感受重新经历一次，我们受不了，也恨你和爷爷利用了米芸。她有多无辜，小小年纪就意外去世，可还是有人冒充着她的名义享受我们对她毫无保留的爱。而我们的妹妹长眠于海底，被忽略遗忘。”

乐优昙再次意识到了自己做过的错事，她低下头，眼泪细细密密地掉落在地板上。

“其实不怪你，对你的怒气有很大一部分是我们在迁怒，”黎米笙递给她纸巾，“赶你离开黎家后，我很多次在想，我到底

在气什么。”

是气他们一直生活在爷爷的掌握之中，所见所闻都是老爷子想让他们看到的东西；或是生气当初乐优昙以黎米笙的身份与他们相见的那一刻，尽管感觉到很多不对劲，却仍旧自欺欺人地相信妹妹回来了这件荒唐又让他们开心的事情；还是气自己把本应该给妹妹的爱给了别人，对不起真正的黎米芸……

“有很多生气的理由，我们更应该责怪自己，”黎米笙捂住自己的眼睛，“可是这样子，我跟米樾就太痛苦了。”

人始终还是精致的利己主义者，他们想要把怒火发泄出来，只能找一个出气口。

乐优昙的手慢慢地挪到黎米笙的旁边，迟疑过后便握住他的手，紧紧地握着。

“五年时间足以让很多东西潜移默化地根深蒂固了。我和米樾好像不管做什么，结果都只能是后悔和更后悔。直到收到你被绑架的视频……”

黎米樾接过话，特地跳过这一段：“我们一直没有正式向你道过歉。后来，医生跟我们说，你选择性失忆了。其实我们有一点点小庆幸，你不记得你遭遇过的伤害，而我们在处理好所有过激的情绪之后，真正认识到了该怎么处理和你的关系。其实我们早就把你当成家人了，真的，我们已经习惯跟你生活在一起了。”

就让已经离去的人们常存在我们的记忆里，永不褪色。而活着的人带着对逝者的追思珍惜眼前。

乐优昙小心翼翼地问："可是，你们把我叫作小芸。"

"之前是真的以为你失忆了。再说了，小芸也不一定只是'黎米芸'的小芸，"黎米樾故意说一些比较轻松的话题，也符合他跟乐优昙相爱相杀的日常，"最开始去医院看你，你虽然表现出对我们的亲近，但其实很多细节都在排斥我们。我着实伤心了一下，因为我真的意识到，我把你伤害得很深。"

乐优昙垂下眼睫，这是她不想提起的事情，可她忍不住想相信他们说这些话时候的真挚。

"因为，许攸说发给你们的视频，你们没有回应。所以后来，她才想看看是不是我要足够痛苦，你们才愿意去救我。"

她的话一说出口，就让黎米笙和黎米樾呼吸一滞。

许攸早已偷渡出国，还在被通缉中。之前在医院，警察来做过简单的笔录，但没问几句话，乐优昙就会陷入情绪崩溃中，无法进行对话。他们都以为绑架案就只有这些细节了。

"你是说，发过两次视频给我们？"黎米笙不解地问。

乐优昙点点头："我迷迷糊糊中听她应该是这个意思。"

3

黎家大宅。

茶桌上的小茶壶在炉子上咕嘟咕嘟响着，冒着腾腾热气，茶香四溢。黎振海戴着老花眼镜，躺在垫了羊毛毯子的竹编摇椅上翻看这个月新出的财经杂志。

因为男主人看书需要安静，打扫卫生的用人们有意识地放轻手脚，避免发出噪音。玻璃窗外阳光温柔，屋内岁月静好。黎振海的摇椅慢慢悠悠地荡着，很是惬意。

突然，大门被人猛地从外面推开，力气过大导致门板撞到墙面，发出“嘭”的一声巨响。

屋内的众人都被吓了一跳，黎振海心悸了片刻，杂志的纸页因为他手指用力攥紧而变得皱皱巴巴的。

大家下意识把目光对准门口，看到的是面色铁青、一脸怒气的黎米笙，顿时很有眼色地退场，留出地方给祖孙两个解决问题。

“你怎么来了？”黎振海翻过一页，像是没注意到黎米笙在生气，“找我有什么事？”

黎米笙做了两次深呼吸，勉强压制住火气：“你是不是最早收到乐优昙被绑架的视频？”

黎振海手上的动作短暂地停滞，他点头回应：“是啊，发到了我的邮箱里。”

“那你为什么没告诉我们？”

黎米笙的质问让黎振海略感不快，感觉被冒犯了。

黎振海皱着眉，冷冷地看向他：“如果想让你们知道，就会发你们的邮箱里去，发给我不就是想让我知道的吗？”

“那你……”黎米笙闭了闭眼，顺口气，把声音压低，“那你收到以后有做什么吗？”

“因为别人以为她是黎家疼爱的大小姐，”黎振海轻飘飘地说，“所以我让人放出消息，说她是被我们收养的。”

“就这？”黎米笙快要被逗笑了。

黎振海不满意黎米笙的态度，说：“她对我们黎家没有价值，谁又会天真地以为绑架她就可以威胁到我们？绑架她根本没有用。”

“所以你就安心地什么都不做了？难道你那个万事妥帖的秘书没有告诉你，正是因为你的隐瞒，后来乐优昙被人打，拍了新的视频发给我们？”

“可我不是授权让你拿项目去压余氏了吗？”黎振海永远都能找得出他是对的理由，“没有我的允许，你能在黎氏里面胡作非为吗？”

黎振海显然有些动怒。

黎米笙笑得胸腔震颤，像是听到了什么很好笑的事情。他笑得乐不可支，连眼睛里都笑出了泪花。

“难道不是因为你对第一条视频的错误决断，导致了后面乐优昙被打，难得让你觉得愧疚了，于是你才允许的吗？”

黎米笙站直身子，以俯视的角度望着已经满头银发的黎振海。

自私自利，乾纲独断，故步自封，喜欢打压别人。黎氏这么多年发展缓慢，都是因为根基深厚才没有被其他新兴产业超过。而他爷爷还抱着自以为是的沾沾自喜。

“我对你这么多年来的老一套已经听得很烦了，动不动就收益，就投入产出比，可我们是人啊，不能用公式去代入的。我小时候不理解为什么你这么古板，为什么不能容忍一丝温情，无论什么事情都得跟工作扯上边才行。

“但你是我的爷爷，做小辈的不敢太过妄议你。以前我还会找出很多理由给你找补，比如黎氏关系到无数个家庭的生活，所以你沉迷工作其实是对整个企业负责。但不是的，你只是一个醉心权力的人，因为黎氏能让你高人一等。但以前，你的判断力和决策力都还在，所以黎氏才能成为业界龙头。而现在，我不知道你是被人吹捧多了，还是老糊涂了，我居然第一次发现你是一个不可理喻的人，我甚至希望你已经老糊涂了，那么，基于病理原因，我对你的感观会好上那么一点。”

“你说什么？”

“是啊，我在说什么？我怎么可以这么顶撞你？”黎米笙失笑，“现在都什么年代了？你还拿愚孝这一套来说教吗？”

“黎米笙！你真是越来越没教养了！”

“如果这就是没有教养的话，那我宁愿我变成没教养的人。”

“你跟你的父亲一样，自甘堕落！那只不过是我找来当棋子的，你却因为她，重新走上你父亲的老路。”

“那我会很开心，我跟他原来这么像。”

黎振海气得一手捂胸口，一手指着他，说：“我不需要你这样的孙子，你给我滚！黎氏也不会要你这样的总经理！”

“爷爷，祝你的商业帝国永远日不落。”

回到市中心的小区，黎米笙心情很好，不知道他做了什么的黎米樾和乐优昙对此一头雾水。

晚上吃完饭，乐优昙破天荒被赶进了房间复习，剩下的两名男性家庭成员则拿着啤酒坐在客厅里面聊天。

“老爷子最后没有被你气死吗？”黎米樾听了黎米笙的转述，开心得拍掌大笑，“日不落，我能想到老爷子有多气了。”

黎米笙没觉得自己说得有多夸张：“黎氏现在尾大不掉，

投资的产业过多，部门里面有很多是股东高层插进来的空降兵，上一个季度已经亏损了好几个项目，其他的项目前景都不太好。只要中间有一个环节出错，资金链跟不上，离破产也就不远了。”

看他说得越来越怅然，黎米樾安慰道：“哥，该来的挡不住，别多想了。反正也不关我们的事了。”

“眼睁睁地看大厦将倾，毕竟我们这么多年也是背靠黎氏。”

黎米樾晃着酒杯开始背课文：“不是有句话嘛，眼见他起高楼，眼见他宴宾客，再后面，就眼见他楼塌了。老头子才更应该惆怅。”

“是啊，我现在是无业游民。”

“赚着卖白菜的钱，操着卖白粉的心。”黎米樾脑子里突然冒出这句话，很无厘头，“而且你又不是无业游民，程思公司还有一堆文件等着你看呢。”

不管黎米笙是不是无业游民，他都没法清闲。

次日一早，黎米笙和黎米樾已经坐在餐桌上开始吃早餐了，乐优昙却迟迟没有从房间里出来。

黎米笙看了一眼时间：“快九点了。”他问黎米樾，“昨晚她睡得很迟吗？”

“她昨天那么早回房间，应该睡得也挺早吧。”

黎米笙喝完最后一口牛奶，起身走到乐优昙的房门前，连敲三下，没听到里面的动静。他回到外面的客厅储物柜里面找备用钥匙。

黎米樾叹气：“有的高三学生天不亮就起床了，而有的高三学生睡到日上三竿还不起来。”

可高三学生睡到日上三竿是有原因的——乐优昙发烧了。

黎米笙手忙脚乱地给穿着睡衣的黎米笙直接套上了足够多的防寒衣物。黎米樾跑到楼下的小区药店里买了退热贴，贴在她的额头上，两个不会照顾人的大男生都有了短暂的心理安慰剂。

他们停止了慌乱，一脚油门把烧得没有醒过来迹象的乐优昙送回了她之前住的病房里。

医生诊断是因为昨晚受凉，加上前阵子的病情，身体免疫力低下，所以这次的感冒来势汹汹。

给乐优昙开了退烧针，另外还有几瓶药水，好一会儿，乐优昙才悠悠转醒。

因为重感冒，她的嗓子嘶哑得厉害，不能正常说话，虽然眼神清明，但整个人萎靡得厉害。

黎米笙见她醒了，给她调整了病床的高度，让她上半身能支撑起来。他把让人准备好的青菜瘦肉粥一勺一勺喂给乐优昙。

吃完最后一勺，乐优昙意犹未尽地舔了舔干燥的嘴唇。

黎米笙见状，问道："饱了吗？"

她比了个手势，轻声说："一点点。"

这副样子可爱得让他笑出声："想吃什么？"

乐优昙指了指外面，说："馄饨。"

医院外面有一家店卖南方的薄皮馄饨，汤里面放了紫菜、榨菜、虾米、油条、葱花，再倒一点点醋，好吃到让人想咬掉舌头。

乐优昙吃过几次，今天醒来发现自己又在这间病房了，马上就想到了它。

"你这瓶挂完了就按床铃叫护士给你换，我马上回来。"馄饨店就在医院门口，黎米笙不好意思打电话让别人专门跑来送一趟。

吃坏东西的余舒心上吐下泻，被余亚齐送到医院。

取完药准备离开，余舒心眼尖地看见了手上拎着外卖盒的黎米笙。她像是发现了新大陆，激动地拍着余亚齐的手臂："哥哥！看！"

余亚齐错愕地看着还在遥指不知道哪个地方的余舒心，深刻怀疑她的病其实好了，打人的力气大得能打死一头牛。

"看什么？"

“我看到黎米笙啦！”余舒心问他哥，“是不是黎米芸住在这里啊？她一直没回学校……不对，听说她不是真的黎米芸。”

余亚齐试探地问：“想去看一看？”

余舒心矜持了片刻，终于找到了一个合适的理由：“行，身为同学，应该去探一下病。”

黎家的病房很容易就能打听到。

余舒心在走廊上看到了病床上的女孩。黎米笙坐在床头，一勺一勺喂她吃东西。兄友妹恭的场面，让余舒心不得不斜睨了身边的人一眼。

心里对今天余亚齐送她来医院的感激已经被对比没了，余舒心翻了个大白眼，敲了病房门。

乐优昙没想到余舒心会来看她，这个探望的速度有点快。

“你怎么知道我感冒了？”吃了东西，她的嗓子能出声了，只是还嘶哑得厉害。

“刚刚在楼下看到了你哥哥，想到你好久没来学校，我就猜是你。”

乐优昙说：“其实我也是今天刚感冒住进来的而已。”

“哦，你现在叫什么名字啊？”

“乐优昙。”

“你不是真妹妹，黎家大哥还对你这么好哦。”余舒心果然又开始了三句不离哥哥的话题。

乐优昙只能互相吹：“你哥哥也挺好，送你来医院。”

“余亚齐他可能快要娶别人家妹妹了，良心发现，就想对他妹妹好一点。”余舒心如此评价自己的哥哥。

“你哥要结婚了？”

这个消息大家马上就会知道，余舒心索性就先说了：“嗯，就是还没发请帖而已。”

另一边，黎米笙把余亚齐推到没有人的僻静角落里。

“绑架案怎么回事你心知肚明，不要再出现在乐优昙面前。”

“原来她叫乐优昙。”见黎米笙横眉竖目，余亚齐马上把双手竖在胸前，表示自己无意冒犯，“我只是想来找你谈谈。”

“我们之间没什么好谈的。”

余亚齐说：“我可以发誓我那天是真的救了乐优昙，后来我也可以发誓我真的没有要伤害她的意思。我前女友许攸，性格偏激易怒，只要有陌生女性出现在我身边，她都会去找麻烦。我也不知道她会对乐优昙做出那么过分的事情来。”

余亚齐几句话就把自己撇得一干二净。

“她提前收到消息，逃到了国外。我知道你很想抓住她，把她绳之以法，所以我来给你这个机会了。”

黎米笙并不接话，等待余亚齐的下文。

“我年后会结婚，到时候请帖一发，她肯定会出现在我的婚礼上。”

后面的话他没有说出口，但他知道黎米笙肯定懂他的意思。

黎米笙没说好也没说不好，只是掸了掸衣服上的灰尘，然后就离开了。

世界上多得是余亚齐这样千般算计的伪君子。

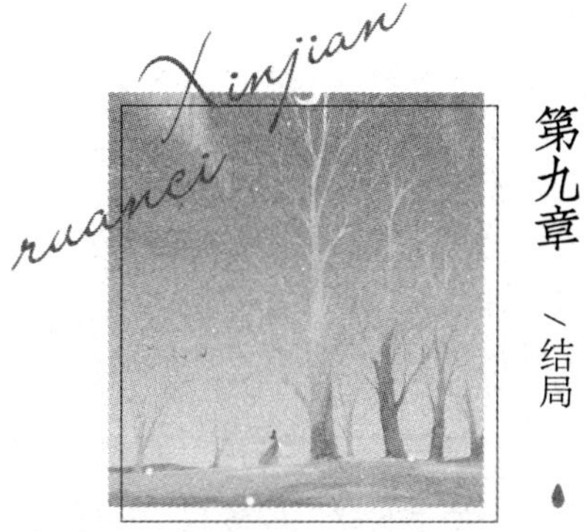

第九章 \ 结局

1

春节的年味还没散去，舟曲市的商圈里就传出了一则无亚于地震级别的小道消息——黎氏企业要破产了。

别人还在观望消息的真假，黎米笙却隐隐有一种终于要尘埃落定的感觉。不过，这不是他需要关心的事情。

此刻他正坐在教室中，黑板上写着“家长动员大会”六个字，黎米笙认真地在笔记本上记录班主任给的“如何照顾好高考准考生”的几个要点知识。

教室外面，乐优县还有其他一些留在走廊上等家长的女生们一起靠着栏杆。

同桌挽着乐优昙的手臂："你大哥好帅！这话我已经说累了！"

"人生处处都是比赛，万万没想到，就连家长们的颜值都是有竞争的。"

"你哥哥让我产生了一定要找个帅哥当老公的梦想。我输可以，我以后的孩子不能输！"

……

面对从四面八方涌来的羡慕嫉妒恨，乐优昙都要膨胀了。

她笑眼弯弯，看着黎米笙在教室里光芒万丈，心里似乎萌生了即将变质的兄妹情。

同桌问乐优昙："你这学期准备来学校了吗？"

"对啊，最后系统地复习一下，顺便做做模拟试卷。"

"以后我又可以看到你那两个哥哥了。高三最后的苦难日子里，总算也有些值得期待的东西了。"

"不至于，不至于，我哥哥们长得也就那样。"

同桌抽回手，双手抱胸，高贵地冷哼了一声："哼，你酸到我了！"

乐优昙赔着笑，搂住同桌的肩膀："我哥哥也就是平平无奇的双一流大学的毕业生，长得高了点、帅了点、有钱了点、

对我好了点。”

“今天我要先掐死你再说！”

家长会结束，黎米笙轻握着乐优昙的手腕顺着人流往校门口走。

他现在每天在家对着电脑处理一些英文邮件，没有穿西装，全身气场都日常了起来。今天出来开家长会，也就是白衬衫、休闲裤加风衣的配置，看上去像是个大学生。

一路上，好多学生纷纷感慨他们在今天这个全校家长会的日子里，在家长们的侧目中，在老师的眼皮子底下，公然手牵手的胆大包天。

果然，没走多远，一名教务处管理校园风气的老师就拦住了他们：“你们两个，校风校纪要不要了？大庭广众之下拉拉扯扯。走走走，跟我去一下教务处。”

“老师，他是我哥哥，刚给我开完家长会。”

乐优昙做贼心虚地想抽回手，奈何黎米笙越握越紧。

教务处老师不相信，以为是学生的惯用借口：“先去教务处，再叫你们班主任来一趟。”说完率先在前面带路。

跟在后面的乐优昙无奈地看着黎米笙，压低声音吐槽：“我都满十八岁了，就算谈恋爱也不能算早恋吧？”看到黎米笙在憋笑，她斜觑着他，“大哥，你是因为老师把你认成大学生，太开心了是吗？”

黎米笙用手指点着她的额头：“好好走路。”

到了教务处，这位老师正准备好好对这两个问题学生展开批评教育。

黎米笙施施然开口：“这位老师，你可以查一下我妹妹的学生档案。她叫乐优昙，监护人是我，黎米笙。”

老师见他信誓旦旦，从电脑里翻出乐优昙的档案。

“乐优昙？这个学期刚转学过来的？”

学籍档案从外省调过来，托了人才在高三最后一个学期让乐优昙转学进振德学校，虽然她本人已经在这里快三年时间了。

“对。”黎米笙点头。

“监护人，黎米笙，”老师问，“你们是？”

老师不确定地问：“兄妹关系？”

“对，我们姓氏分别跟着爸妈姓的。”黎米笙故意误导。

老师问：“怎么监护人是你啊？”

“父母都过世了。”

听到这里，教务处老师的疑问才解开。父母早逝，兄妹相依为命，感情好是不奇怪。她连忙转变态度，不好意思地说：“哈哈，你们兄妹关系挺好的。”

黎米笙适当恭维：“老师们严格整肃校园风气，我们家长都特别放心。”

从教务处出来，乐优昙看到微信消息上面 99+ 的消息提醒。

她点开，发现是班级群已经 @ 了她无数次，并且群里已经转播完了这个乌龙事件的开始经过结果。

乐优昙往上翻聊天记录——

“同学们，有一对真命鸳鸯在今天这个全校教职工五步一岗十步一哨的重大日子里，在众多家长和同学们的注视下，公开牵手，然后被教务处老师逮去了教务处！”

“有没有照片，我要拜一下。”

“是谁？十分钟内我要拿到他们的资料！”

“报！刚才那对真命鸳鸯是我们班的。”

“我们班有人恋爱？但我们大家谁也不知道。”

“是谁平时悄悄恋爱，关键时刻惊艳了我们所有人？”

“我忽然为身在我们班感到光荣。”

“黎米芸。”

“朋友，你这个喘气时间过于漫长。”

“该不会男鸳鸯是她那个帅大哥吧？”

“消息的震惊程度直线下降，我爱不起来了。”

“还原事件：黎米芸大哥拉着黎米芸，被老师以为是早恋学生给带到教务处了。”

“老师怎么就不相信，以大哥的颜值，要是我们学校的学生，不应该早就闻名全校了吗？”

“合情合理，谁不想要这样子的帅哥当男朋友，呜呜呜。”

“@黎米芸，需要做证吗？我可以去。”

“@黎米芸，需要做证吗？我可以去 +1。”

“@黎米芸，我觉得有必要让这位老师再看看你二哥，避免再次被叫到教务处。”

……

乐优昙有被群消息可爱到，她在群里回复：“老师差点叫班主任过去做证，还好翻出了学籍档案。”

“在看什么，这么开心？”黎米笙问道。

乐优昙把上面一条聊天记录跟黎米笙分享：“我同学说，有必要让老师再认识一下二哥，免得再被叫进教务处。”

黎米笙笑容微不可察地顿了下：“你二哥接下来应该都挺忙的。”

乐优昙问道：“是这样的吗？”

必须是。

黎氏面临破产的消息被传得沸沸扬扬。

有人过来旁敲侧击，假惺惺地问黎米笙黎氏是不是真的有困难，他可以帮忙的。被黎米笙以“谢谢你，但我已经不是黎氏员工”的回答终止了对话。

一周后，提着打包餐盒的黎米笙和黎米樾在小区楼下遇到了早已经站在单元楼门口等他们的齐程，还得到了“董事长生病住院”的消息。

齐程跟着黎家兄弟，死皮赖脸地进了屋，他在黎米笙耳边汇报黎氏目前的情况。

“公司已经持续亏损了两个季度，新项目的投资收益并不高，有些还亏得血本无归。前几天，早期跟在董事长身边的几名股东低价抛售了公司股票，银行也拒绝继续向黎氏贷款。现在公司的资金链已经断掉，有些部门整个组一起递交辞呈。再过几天，人事会裁减掉一批员工。”

“意料之中的事情。”黎米笙淡淡地说。

说完，他便把提着的餐盒放在桌子上，又进厨房里面拿出碗筷。

黎米樾站在餐桌边，已经拆开了包裹严密的外卖盒，结果黎米笙拿了盘子出来，把餐盒里的东西倒进瓷盘里。

齐程觉得他也不能光看着不动手，撸起袖子想帮忙，被黎米樾拍了一下手："洗手了吗？"

齐程说："没有。"

黎米樾没好气地说："那你继续跟我哥聊吧。"

齐程倒是想跟黎米笙好好聊聊，但黎米笙自从进了屋，就忙得跟陀螺似的，齐程跟在他身边还被嫌弃碍着了他的事儿。

齐程又到了黎米笙身边，这次稍微保持了一点距离："米笙少爷，现在董事长生病住院，公司情况十分不好，人心浮动，大家每天过得惶惶然，需要您马上来公司坐镇主持，员工们才觉得有主心骨，能稍微安定一些。"

黎米笙冲着里面的一间卧室喊："乐优昙，可以吃饭了。"然后才歉意地看着齐程，"你看，家里有上高三的孩子要照顾，我不方便去上班。"

正好打开门出来吃饭的乐优昙满脸问号，她干什么了，就又背锅？

已经习惯了这些基本操作，乐优昙安静地坐在餐桌边，争当一名合格的干饭人。

齐程也被邀请一起坐下来用餐，他想继续劝点什么，至少得

把黎米笙请回公司。

但黎米笙却像是早已预料到了一般，加了条规则："安静吃饭，我们家高三生只有吃饭的时候才能好好休息。"

"规则专用对象"齐程很有眼色地在吃饭全程中都很安静。

用完餐，黎米樾和乐优昙把碗筷收拾进洗碗机里，齐程继续游说黎米笙去公司主持大局。

黎米笙神情认真："我去了也没用，黎氏目前最好的选择就是破产重组。"

黎氏像是一艘历史悠久的轮船，一开始的时候是当时全球顶尖水准，后来随着轮船的使用时长，保养和维修越来越不到位，船身慢慢有了损耗，性能降低。如今的黎氏像一艘已经千疮百孔、苟延残喘的破船，船身里进的水越来越多，所有人都知道它快沉海了。

可是，船烂还有三千钉。

到时候黎氏资源整合重组，就又是一个重新活力起来的黎氏企业。

齐程迟疑了，他担心黎米笙会让本来三个月内破产的公司推快到一个月内，那董事长还不得气掉剩下的半条命。

想到独自躺在医院里的孤单老人黎振海，齐程又转移新方向："你什么时候有时间去医院探病？董事长一个人住在病房里，看上去有些孤单。"

黎米笙想起几个月前自己与黎振海的争执，那天齐程正好不在。黎米笙笃定地告诉齐程："相信我，老爷子现在看到我只会加重病情。"

齐程看他信誓旦旦的样子，只好放弃，回头问黎米樾："米樾少爷呢？"

"我也怕我去了说几句话，他会更加病重，"黎米樾直言不讳，"而且，他现在到哪儿都是孤家寡人，倒也不必强调是在医院。我跟我哥搬出黎宅了，他也就算是一个住在别墅里的留守老人。现在去医院了，情况差不太多。你要是觉得他孤单寂寞，就把别墅里面的人都叫去住院，人多热闹。"

拉人拉不走，卖惨卖不动，齐程这趟出来一点收获都没有。

黎米笙点到为止，也让黎米樾少说点话。

把齐程送到家门口，黎米笙最后才说道："让他放宽点心，身体最重要。要是他真的破产了，我还能给他养老钱。"

2

高三最后一个学期，乐优昙感受到了准高考生的压力。每天

来回上学是她最后的倔强。早起晚睡，几乎没有多余的空闲时间，人生中除了试卷还是试卷。

再者，黎米笙跟黎米樾不想让她学习分心，每次谈论正事都会避开她，因此，乐优昙一直没有了解到黎氏目前的情况如何，以及黎米笙和黎米樾对黎氏破不破产的真正想法是什么。

下午，乐优昙的手机里收到一条约她放学后见面的消息，乐优昙算了一下时间，用“下午陪同桌去吃点心”的借口让大哥不用接自己放学。

时间眨眼到了下午五点半，乐优昙一个人悄悄地来到振德中学后街的咖啡店里。

余亚齐坐在咖啡店最靠里面的位置，听到门口的风铃响起，余亚齐冲她举手示意。

乐优昙看见后，快速地小跑过去，在他对面坐下：“余大哥。”

“你喝什么？”余亚齐把菜单推给乐优昙。

乐优昙随便点了一杯喝的，等服务生离开后，问：“找我是有什么事吗？”

余亚齐靠着椅背，神色中充满了对乐优昙的满意：“我没想到，当时让你回到黎家之后，能在黎米笙和黎老爷子中间制造出这么大的矛盾。”

余亚齐说的“当时”，是在许攸收到消息提前离开后，黎米笙和黎米樾到达之前的一段很短的时间里，余亚齐去了那家农村小院。那时候，乐优昙躺在地上奄奄一息，冰冷的地面贴着她的皮肤，凉意慢慢渗透，让她的意识稍微恢复了清醒。

迷糊中，她听到一个声音说：“许攸真的是偏执成魔了，以前只是故意捉弄我身边的年轻女性，现在手段更加龌龊了。”

她以为是有人来救她了，小声问：“你是谁？”

但她全身疲软，声音微小，不确定对方有没有听到。

直到对方说：“我是余亚齐，你遇到危险的那天，我刚好经过那里，于是跟我的司机一起下车把你救回家。”

显然他是听到了她的问题的。

乐优昙低声问：“后来呢？”

余亚齐神情平淡，语气中却充满了不好意思，他跟她道歉：“那天你已经昏睡过去，我就只能把你带到我的一处房子里。可没想到，我前女友居然一直住在那里。她当时看到我抱你进去，就生气了。我前女友之前是心理医生，后来不知道为什么，她性格大变，越来越偏激，经常打骂别人，并且仇视跟我有过任何接触的女性。我以为她已经被治好了，但没想到第二天，她就跟我说你不见了。”

余亚齐把自己撇得一干二净。

已经无法正常思考的乐优昙接受了她从被人救下到再次进入狼窝的过程，于是问：“你来救我吗？”

余亚齐趴在她耳边说：“我已经把这里的地址发给你的哥哥们了。

“我那些天一直打许攸的电话，想问她把你带去哪里了，但她从来没接过我的电话。我觉得很奇怪，有一天她居然把地址发给我了。我也没管事情到底是不是有诈，就把我知道的信息全部跟你哥哥说了。又想着毕竟是我给的消息，我应该先去看一看。”

他说得面面俱到，并不管乐优昙现在的状况能不能接收到他说的这一大段话。

“救救我……”乐优昙低声求救。

余亚齐说：“你的哥哥们很快就要来了。”

乐优昙并不相信黎米笙和黎米樾，且对他们一次次失望，甚至在这一次次失望中慢慢积累了对他们的怨恨。

她努力挣扎着摇头，希望余亚齐能够带她离开。

这时，余亚齐说出了他的苦衷：“我是你哥哥的死对头，这次你被绑架，你哥哥都怀疑是我做的。但我肯定是清白的，没做过的事情我不承认。我也不想再救你，然后会被怀疑是我自导自演的，所以你还是等你哥哥们来吧。”

后来的事情乐优昙因为伤势原因记得不是很确切。大概是他提到了他是她哥的死对头，然后提议他跟她联盟，一起给黎米笙和黎米樾制造麻烦，最后让她回到黎家，想办法让黎家两兄弟跟黎振海关系闹僵，他才好从中得利。

但乐优昙回去之后并没有做什么，黎振海和黎米笙的矛盾是本来就已经存在的。相差五十来岁的三代人，彼此对很多东西都持有不同看法。积累到一定的程度，他们的矛盾就会爆发。

但余亚齐不懂得其中的真实原因，就一直以为是乐优昙在这里面出了力，因此对她的表现十分满意。

这次他约她出来，也是看中了她的办事能力。

余亚齐顾左右而言他：“听说你现在跟黎米笙他们搬出了黎家？”

乐优昙点头。

“那你能不能帮我从黎米笙的电脑里拷贝一些资料文件给我？”

乐优昙蹙眉，提醒道：“可是，黎米笙现在已经不是总经理了。他被黎老爷子给赶出黎氏了。”

“那没关系，他的电脑里肯定还有很多黎氏的项目资料。”

乐优昙见他还没有放弃，干脆直接拒绝："那不行，这是商业间谍了，我要是被抓住，会坐牢的。"乐优昙又补充说，"而且当时说好的，我回黎家让他们爷孙反目就好了，现在他们是闹崩了。"

余亚齐见乐优昙拒绝得干脆，知道她并不好骗。

他没有放弃，接着旁敲侧击："你最近有听到什么八卦消息吗？"

乐优昙盯着他："我高三，学业都已经忙到没有好好跟家人朋友聊一句话的时间了，怎么可能还有时间探听八卦消息。"

余亚齐的声音冷了下来："你当初不是说讨厌你的两个哥哥，要帮我对付他们的吗？"

"有吗？我那时候伤得那么厉害，有没有说过这句话我都忘了，"乐优昙挠挠头，"但我跟哥哥们和好了，我又不是那么讨厌他们了。"

反正都是口头承诺，乐优昙早就已经忘记了。

两个人话不投机半句多，脆弱的联盟关系就此破裂。

乐优昙没有必要再在咖啡店里待着了。

她说完"再见"，走出咖啡店，看到了咖啡店玻璃窗外的一棵大树底下站着一个很熟悉的身影。

大哥?

她不是发信息告诉大哥她陪同桌去买点心了吗?

为什么大哥能精准地出现在这家咖啡店外?

乐优昙的心脏怦怦直跳。大哥是看到了她跟余亚齐坐在一起吗?等下大哥要是生气要打她,她应该跑到哪位小姐妹家里去躲躲呢?

见黎米笙一直站在那里,没有变换过姿势,犹豫不决的乐优昙总算踏出第一步,走到黎米笙旁边,说:“嘿嘿嘿,哥哥,余亚齐找我有事,我给拒绝了。”

“他找你什么事?”

“让我当商业间谍。”

黎米笙听到后,浑身气场陡然变得凌厉。他冷冷地看向咖啡店内此时正在细品咖啡,悠闲自在的余亚齐,心里盘算怎么让余亚齐长点记性。

他的掌心轻柔地抚摸乐优昙的脑袋瓜,夸道:“嗯,乖。”

这个语气就很像逗弄小猫咪了。

乐优昙还是心虚地不打自招了,告诉黎米笙她跟余亚齐结过盟,后来被自己单方面解散的故事。把所有事情都说出来后,乐优昙有种无事一身轻的坦荡,她无所顾忌地问出了现在她很想

知道的一个问题。

“大哥，你是怎么知道我在这里的？”

黎米笙很轻松地把人给供出来：“是余舒心告诉我的。”

当时黎米笙收到乐优昙的消息，深信不疑，只是打算晚点再问她在哪里，他过去接她。

但他中间接到了余舒心的电话。

原来，余舒心自从在大学新城的路边摊试吃之后，就喜欢上了校园附近的美食街。今天她又独自一人在学校的后街发掘美味小吃。

路过咖啡店，她本来是无心一瞥，却看到咖啡店里面居然坐着她的哥哥和乐优昙。内心瞬间升起了“我孤家寡人寂寞地独自扫街，而你却悠闲地坐在店里，还跟我的对头约咖啡”的怒火。

余舒心当下就拿出手机，拍了一张照片，在手机通讯录里面辗转找了好几个人，才费力地拿到了黎米笙的手机号码。

她真的好委屈。

余亚齐虽然被她日常嫌弃，但要是被乐优昙抢走，她也还是会想念这个哥哥的。

于是，她给黎米笙打电话，让他赶紧来带走乐优昙。

“什么？我抢余亚齐？”乐优昙像是听到了什么很好笑的事

情，“余舒心果然脑子不正常！”

不，应该是余家兄妹脑子都不正常。

乐优昙跟余舒心偶尔几次的对话，都是三句不离哥哥。别人是妈宝，余舒心可能是个哥宝。

然而余舒心跟哥哥的关系也很别扭，虽然日常嫌弃余亚齐，但真到了关键时刻，还是会保护亲哥哥的。

黎米笙叮嘱道：“好了，以后不要再单独跟余亚齐见面了。”

他很清楚余亚齐的本性，虽然现在还没到让余亚齐狗急跳墙的时候，但他从来不害怕把人往最坏的方向推测。

余亚齐道德底线低，有很多旁门左道的想法，跟他打交道，一不留神就会被坑。

乐优昙乖巧点头，应道：“嗯，我记得。”想到余亚齐的要求，她又问了一句，“大哥，黎氏现在的情况很不好吗？”

她完全不懂商业上的这些操作，听到“破产”两个字就以为是天大的事情了。

“嗯，不太好。”

“那怎么办？”她担心得很，小脸皱成一团。

“你先关心你自己吧，”黎米笙牵着她的手，带着她往停在路边的车子方向走，“你不要想太多，都会好起来的，现在只是

暂时混乱而已。”

3

然而，事情的发展一如大家预料中的那样。

四月初，黎氏申请破产，黎振海遭受的打击太大，昏迷了过去，醒来之后口不能言，身体抽动，是轻微中风的症状。

黎米笙抽空去医院看望他。

失去精神气的黎振海看上去比之前老了十多岁，躺在病床上，呆呆愣愣地望着天花板。护工正在给他用湿毛巾擦脸。

齐程蹲在他身边，轻声说：“董事长，米笙少爷来看你了。”

他像是没有听见一样，根本不看黎米笙。

黎米笙不在意，让齐程先退出去。

齐程很懂地说去准备点心。

房门被轻轻带上，黎米笙拉过一把椅子，坐到黎振海的病床前，拿着护工留下的毛巾，给黎振海擦手。

黎振海的手是病理性地颤抖着，黎米笙紧紧握住。

对上黎振海混浊的双眼，黎米笙扯了扯嘴角，可是说出来的话依旧很气人：“爷爷，我早就说了公司会破产，迟早会有这一遭，你也不用太想不通。”

黎振海吹胡子瞪眼，嘴里还叽里咕噜说些黎米笙听不懂的话。

黎米笙自顾自地接着说："我又听不懂你在说什么。你留着力气努力康复吧。"

"公司接下来会重组，目前我正在让团队准备重组方案，到时候递交给法院，"黎米笙说到这里轻笑了一声，"你不知道吧，我爸爸年轻的时候在国外开了一间小公司，后来被我接手了。你一直以为我只能靠着黎氏……"

不知什么时候，黎振海安静下来，定定地看着眼前这个让他感到陌生的孙子。

"你好好养病吧，正好这么多年没好好休息过了，体验一下退休的生活。"

黎氏破产，舟曲市的很多家公司闻风而动，业内风向朝夕变换。紧接着又传来一个消息，余家的少东家求婚成功，近日就要和四海地产的千金结婚了。

没有了黎氏，余家一枝独秀。现在余家和四海地产强强联手，以后余家显然能更进一步。很快，余家开始派发结婚喜帖。

婚礼那天，黎米笙和黎米樾被迫带着硬是要跟着一起来的乐优昙出现在婚礼现场。

前一天晚上，乐优昙偷听到了黎米笙和黎米樾的聊天内容——许攸可能会出现在余亚齐的婚礼上，警察会埋伏在婚礼周围，如果许攸真的会来的话，肯定落网。

许攸对乐优昙来说，是人生中唯一让她害怕的心理阴影。很多个夜晚，她在梦里都能梦到上一秒还笑意盈盈，对她温柔相待的许攸，下一秒就化身成面目狰狞的恶鬼，手上长着黑长的指甲，伸出手想要掐死她，每每都让她心悸不已。

于是，为了消除对许攸的恐惧，也为了给被许攸伤害过的自己一个交代，乐优昙想亲眼看到许攸被抓的场面。

商人们的相处规则似乎永远都是尔虞我诈，见风使舵，拜高踩低。

黎米笙和黎米樾出现在宴会厅里，没有引起任何关注。

不，这样说也不对。

乐优昙注意到有很多人都看到了他们的出现，有些人端着酒杯在各自的小团队里指着兄弟俩跟各自的朋友们说了些什么，然后那个小团体之中传来哄堂大笑，似乎是把她的两个哥哥当成了笑话。

乐优昙想起十八岁生日那晚，觥筹交错，许多叔叔阿姨借着给她庆生的由头，围着大哥和二哥，跟他们谈论目前的商业形式，夸他们年轻有为，似乎黎家已经出了两个商业天才。

而现在，也还是他们，却对大哥和二哥指指点点，尖酸嘲讽：“那不是黎家两位小少爷？都已经破产了，居然还敢来参加余少爷的婚礼。要是等下他们找我来拉赞助，我要不要给？哈哈哈，我得好好想想。”

乐优昙皱着眉头，担心地扫过两个哥哥的表情，他们好像也没什么不对的。

黎米笙他们在一个角落里落座，察觉到乐优昙的担心，他笑着出声，轻言安慰：“别担心，都是无关紧要的人。”

不是所有人都趋炎附势，世界还没有那么糟糕。

黎米樾也跟着说：“小昙花，你知道什么情节才最爽吗？”

“什么？”乐优昙并不知道答案，只能负责捧哏。

“打脸啊，”黎米樾答道，“而且是前期大家越得意，后面打脸就越爽。”

所以现在就是等着触底反弹的时候。

只是乐优昙作为不清楚后续发展的闭眼玩家，难免会焦急：“那现在能不能快进？我想看打脸！”

黎米笙白了她一眼：“这不是得一步一步来嘛。我们都不委屈，你放轻松。”

看到侍应生端着酒水饮料过来，黎米笙试图转移乐优昙的注意力，说：“这家酒店的一些点心还挺好吃的，我给你拿。”

于是，婚礼开场前，别人在忙着社交，黎米樾和乐优昙在忙着点评菜品。

忽然，宴会厅二楼的新娘休息室传来一声尖叫，所有人都停止了交流，惊讶地把目光移到二楼去。

黎米笙和黎米樾想到了一种可能，带着乐优昙快速地朝宴会厅二楼走去。

等他们到达休息室，外面已经围满了人。几名便衣警察正把一个女人反手按在地上，旁边是受到惊吓躲在妈妈的怀里，正泪流不止的新娘，还有几名护在新娘前面的伴娘们。

许攸极力地挣扎，转过头对上站在不远处冷漠看着她的余亚齐，癫狂地连声质问他：“你为什么不娶我？明明你说好的，你最爱我，你要跟我结婚！

“余亚齐，我不准你跟别人结婚。你是不是有什么苦衷？你告诉我！我帮你！”

她口中最爱她的余亚齐做出一副震惊后怕的模样，说：“许攸，我们早就分手了。你不要再胡搅蛮缠。我觉得你心理出问题了，我会帮你找医生的。”

他言语中的暗示被黎米笙敏锐地捕捉到。

周围的人这才弄明白是怎么一回事，原来是余亚齐的前女友想要破坏这场婚礼，而且，看样子，他的前女友心理可能还扭曲了。

乐优昙手脚冰冷地站在人群里，肩膀被黎米樾扶住，他问：“还好吗？”

她点头，只是回想到了被许攸禁锢在房子里的时候，许攸的表情也是这么狰狞的。

可是，许攸这副样子全都是因为余亚齐。乐优昙总觉得哪里不太对。

许攸被铐了起来，两名警察一人一边将她提起，她充满怨恨的目光狠毒地扫过在场的每一个人。

看到乐优昙时，她呆滞了几秒。

黎米笙恰好变换了位置，挡在乐优昙面前，面容肃杀地盯着许攸。

许攸回过神，冷笑着回头问余亚齐：“你真的不改主意吗？我真的很想把你留在我身边。我这辈子都不会放过你。”

余亚齐面无表情地说：“你生病了，许攸。如果你想报复我，你冲着我来就好。警察同志，你们也听到了，许攸对我怀恨在心，

她今天做出这种事情，我希望警方可以保护我的人身安全。”

“余先生，你放心，我们会竭力保护每一位公民的人身安全和合法权益。”

随着许攸被警察带走，这场婚礼之前的小风波也逐渐平息下来。女方家长和余亚齐一起对前来参加婚礼的宾客们致歉。

时间正好到十二点，仪式正式开始。

许攸被带走后，黎米笙三人都兴致缺缺，提前离场了。

后来听说，许攸在交代犯罪过程的供词中说余亚齐是绑架案的主谋，但因为证据不足，以及那天许攸在酒店里对余亚齐的威胁，警方合理怀疑这又是许攸的私人报复行为。

余亚齐只是被警方传唤配合调查，录完口供之后就没什么事情了。

乐优昙听到后，略感失望：“余亚齐真的跟这件事情没有关系吗？”

后来，社交网络上有人爆料了一件新鲜事。

先是说某家商业巨头跟另一富豪之家联姻，但男方前女友混进婚礼现场意图伤害新娘，阻挠婚礼。

但是婚礼现场提前埋伏了便衣警察，怀疑男方前女友是涉案人员。

接着更新消息，男方前女友曾谋划了一场绑架案，最后为了逃脱法律制裁偷渡出国。这次为了阻挠男方的婚礼，才冒险回国。

最后又似是而非地说，前女友供出绑架案是男方主谋的，但证据不足。

这比一波三折还多一折的连续剧般的新闻内容，吸引了无数吃瓜群众。长期活跃在冲浪前线的路人们经受过各种社会新闻的信息轰炸，早就已经脑洞大开地罗列了很多情节出来。

比如，男方负责策划，前女友负责行动，男方见行事败露，把锅全都推到前女友身上。

还比如，男方言语诱导前女友实施绑架犯罪。

又比如，前女友一片痴心，为男方扫平阻碍。求爱不成，由爱变恨，诬陷男方。

……

后来，神通广大的吃瓜群众还扒出了事件男主角。

一时之间，余亚齐在网上褒贬不一，余家公司的股价也直线下跌。

只是，这些对余亚齐都不足以造成实质性伤害，跟前女友的纠葛只是他风花雪月后的一笔谈资，他仍旧是活跃在各个社交场合，被众星捧月的人。

舟曲市商圈最近风传的消息是有外来资本要注资黎氏。

消息并不是空穴来风，许多人都在互相打探，连带着黎米笙和黎米樾这几天收到的宴会请帖也多了一大堆。

晚上，黎米笙受邀去临市参加一个宴会，宴会主人靳东升是黎思齐在世时的好友，这些年对黎米笙和黎米樾多有照顾。

宴会上，黎米笙依旧是无人问津的凄惨模样，但是他很享受这种清净，一个人站在角落里跟在家里的黎米樾和乐优昙发消息。

“我爸还问你去哪里了？原来你在这里躲清闲。”来人是宴会主人的小儿子，靳森，比黎米笙大一岁，目前负责靳家的海外分公司业务。

“我只是你们家请来的一个客人而已，还不能让我站在这里喝酒了？”

“他们都在讨论国外公司要注资黎氏的事情，哈哈哈，我爸爸让你过去。”靳森迫不及待地想拉着黎米笙快点过去。

但被黎米笙躲掉：“我说你这副看好戏的样子也太明显了吧？”

“我可太想看这种震惊别人全家的好戏了，”靳森坏笑，“我已经让人偷偷把手机对准余亚齐了，我要拍下他到时候的表情。”

他跟黎米笙关系好，自然也是不待见余亚齐的："到时候发你一份。"

"好，那我好好表现。"

宴会主厅中心，靳东升身边围满了人，众人还在七嘴八舌讨论注资的事情。

"黎氏都破产了，还有人愿意注资？"

"听说已经交了重组计划书。"

"哪家国外资本？怎么就特地考察了黎氏？"

靳东升听得满脸微笑，最后轻飘飘地扔出一句："哎，你们在说哪家要注资黎氏的公司吗？我知道啊。"

"靳董知道？"

"靳董快说说，那家公司为什么要注资黎氏？"

靳东升大概地介绍道："是奥国的程思公司，老板是中国人，程思公司一开始在那边还只是一个小公司，后来奥国经济变革，老板抓住了两次发展机会，现在在奥国也是根深蒂固的大企业了。"

他三两句介绍完，又不经意地丢下一颗炸弹："正好今天程思的老板也来了，待会儿给大家引荐一下。"

众人都在为靳东升的人脉暗暗咋舌，纷纷表示感谢他帮忙介绍新朋友。

谁知下一刻，他就朝门口挥手，大家顺着他的视线一起往后看。

黎米笙？

靳董这是搞错了吧？黎米笙他们还用得着认识吗？

他们表情怪异，脸上热情的笑容收了几分，看着黎米笙朝靳董的位置靠近。

靳东升毫不见外地拍着黎米笙的肩膀："这是我好朋友黎思齐的儿子，也就是黎家的大儿子黎米笙，我把他也当亲儿子看待。"

大家敷衍道："认识认识，黎大公子我们都认识。"

靳东升继续说："思齐早年在奥国开了程思，但后来生病英年早逝。程思就托给职业经理人，米笙成年后接手程思，现在公司发展那么好，我相信思齐在天之灵肯定也很欣慰。"

大家都一脸惊讶："程思的老板是黎少爷？"

"黎少爷注资黎氏？"

"黎家不愧是黎家，倒不了。"

黎米笙笑得温和："这些年经济形势大好，我也是侥幸。在这里，还是要向各位前辈学习经验。"

他说的话里带刀，让很多人都自惭形秽。

穿过人群，黎米笙看到表情已经僵硬的余亚齐，两人视线对上，黎米笙向余亚齐遥遥举杯，余亚齐转身离开了宴会。

4

十月下旬，舟曲大学的新生终于结束了为期一个月的军训。

乐优昙在寝室里快速地冲了澡，换上干净衣服，收拾了小件行李，跟室友们一起出校门。

“小优，怎么感觉你军训了一个月都没怎么晒黑啊？”路上，寝室老大伸出手臂对比自己和乐优昙的肤色。

“老大，我军训的时候八个小时里有六个小时在涂防晒。”

“你哥对你真好，隔几天就来给你送东西，连防晒都能帮你考虑到。”独生女的寝室老大快羡慕哭了。

年龄排行第二的姑娘是舟曲市人，家里也是做生意的，消息知道得清楚一点：“但不是说，你跟你哥哥不是亲兄妹？”

“真的吗？”老大和老四一脸我吃到瓜了的表情。

“是啊，我是被黎家收养的。”

乐优昙和黎家的关系，对外都是说的收养。

老大一脸激动道：“那不是天时地利人和！你跟你大哥！锁了！”

老四附和道：“请问我什么时候可以喝到你和你大哥的

喜酒？”

乐优昙一愣，说：“你们……想得也太多了。”

虽然她对大哥产生了不一样的感情，但也不确定大哥就喜欢她啊。万一他对她只是纯粹的兄妹情怎么办？

校门口今天格外热闹，乐优昙和室友们并不觉得意外，大家都被磨炼了一个月，今天所有人都往校门外拥。

当她们快要走到校门口时，一个男生带着一群人拦住了她们：“乐优昙！你能不能给我几分钟时间？”

“唰”的一声，后面有人拉了一条“乐优昙，我喜欢你”的红色横幅。围观学生们让出点空地，顺便拿出手机，一边看热闹，一边拍视频。

男生是军训的时候隔壁方阵的艺术生，之前跟乐优昙搭过几次话。

现在，他弹着吉他，站在乐优昙面前，对她唱表白情歌。

他自诩浪漫，自我感动，可乐优昙站在原地手足无措，紧紧地挽着室友的手臂，进退两难。

室友想拉着她走，但围在四周看热闹的人群让她们几人寸步难行。

男生终于唱完歌，接过同学递给他的玫瑰花和话筒，走到乐优昙面前，深情款款地表白：“乐优昙，我喜欢你，从我在隔壁方阵里看到你的第一眼……”

他的话筒忽然没了声音，男生没有遭遇过这种临时出状况的情况，顿时有点慌乱，看向身后他的兄弟们，想问下出了什么意外。

等了一会儿，话筒还没有声音，男生干脆就直接大声喊：“乐优昙！我喜欢你！你做我女朋友吧！”

他身后的兄弟团们率先拍掌叫好，企图带动现场的气氛。

乐优昙的脸色越来越难看，人已经气到发抖，她刚想出声喝止这样的行为。

男生又吼了一句：“乐优昙，同意吧！”

哄闹之中，一道低沉的男声在喇叭里响起：“不同意，不准，不答应。”

大家四处寻找是哪位朋友在搅局，就看到一个穿着休闲西装的年轻英俊男人，手里拿着刚才被男生扔在一边的话筒，从人群中走出来。

“你跟她表白之前，有问过她喜欢你吗？有了解过她的喜好吗？有尊重过她的意见吗？”黎米笙一步一步逼退男生，“或者，

你知道她有男朋友吗？”

这几个月，黎米笙在黎氏企业内坐镇主持重组的事情，发号施令习惯了，整个人也带着一点上位者的气场。

男生颤抖着声音，倔强地反问：“你是乐优昙的男朋友？”

“是。以后不要随随便便对别人的女朋友表白，”黎米笙威胁道，“如果下次再敢带着这么多人来围堵别人，我会给你发律师函。相信我的律师团能在那么多条法规法则里面找到一条适合你的。”

最终，这场闹剧散去。

乐优昙被气红的眼睛还充着血，像只可怜的小兔子。

黎米笙的手指顺着她的眉骨轻轻抚摸过去：“别生气了，以后应该没人再做这种事了。”

乐优昙狡辩：“我才不是生气。我是怕以后大学四年没人向我表白了。万一我室友脱单了，就剩我一个怎么办呢？”

今天是个好机会，她试图把话题往她想要听到的方向引。

黎米笙的眼里似乎有星星在发光，他笑容温暖道：“你是没听到，还是故意听不到？我说了我是你男朋友，以后你想听表白，我说给你听。”

“你说真的？”

“真的。”

“那你现在正式上岗，成为男朋友了？”

“你答应吗？”

“可以。我同意，我觉得挺好。”

（全文完）